U0905764

最美京新

周孟波　主编

EMPH
企业管理出版社
ENTERPRISE MANAGEMENT PUBLISHING HOUSE

图书在版编目（CIP）数据

最美京新 / 周孟波主编 . —北京：企业管理出版社，2018.9

ISBN 978-7-5164-1766-9

Ⅰ . ①最… Ⅱ . ①周… Ⅲ . ①纪实文学 – 作品集 – 中国 – 当代 Ⅳ . ① I25

中国版本图书馆 CIP 数据核字（2018）第 194195 号

书　　名：最美京新
作　　者：周孟波
责任编辑：徐金凤　黄　爽
书　　号：ISBN 978-7-5164-1766-9
出版发行：企业管理出版社
地　　址：北京市海淀区紫竹院南路 17 号　　　邮编：100048
网　　址：http://www.emph.cn
电　　话：编辑部（010）68701638　发行部（010）68701816
电子信箱：qyglcbs@emph.cn
印　　刷：北京宝昌彩色印刷有限公司
经　　销：新华书店
规　　格：170 毫米 ×240 毫米　16 开本　13.5 印张　160 千字
版　　次：2018 年 9 月第 1 版　　2018 年 9 月第 1 次印刷
定　　价：68.00 元

编委会成员

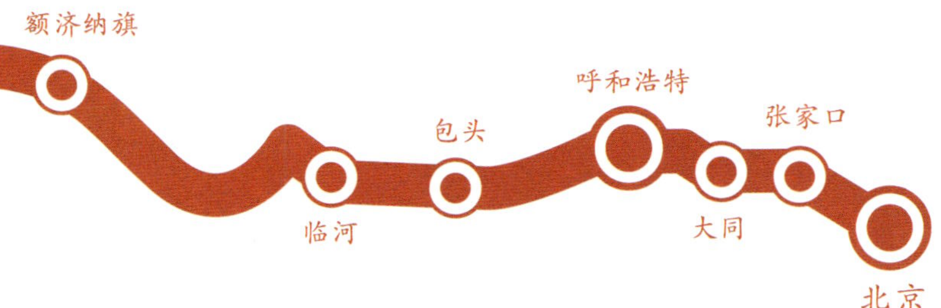

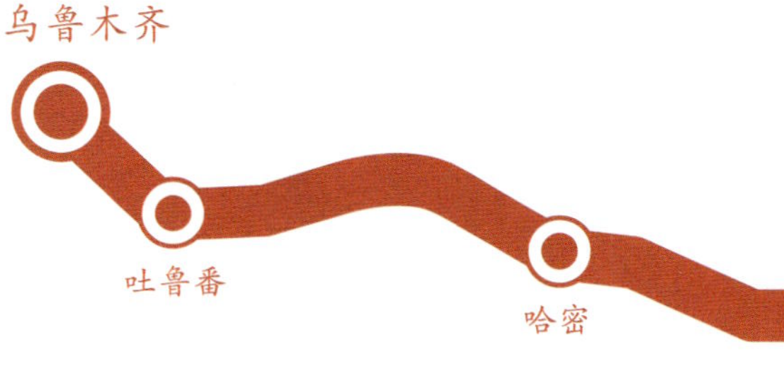

京新高速线路走向图

京新高速穿越内蒙古阿拉善盟沙漠、戈壁、无人区

京新高速临白段雅干服务区

京新高速施工交安标识工程

京新高速具有民族特色的服务区房建工程

前言
Preface

2017年7月15日，随着京新高速临白段正式建成通车，京新高速迎来了全线正式通车的这一天，在苍茫天地间一路驰骋之时，那段穿越沙漠、奋战无人区、仰望银河的建设时光，依然如昨日般清晰，历历在目。能够参与这条继青藏铁路之后又一具有典型艰苦地域特点的代表性工程的施工和建设，中国中铁人感到由衷的自豪。

京新高速公路，起于北京，经河北张家口进入内蒙古自治区，经乌兰察布、呼和浩特、包头、巴彦淖尔（临河）、阿拉善盟（额济纳旗），穿越甘肃酒泉进入新疆，经哈密、吐鲁番，到达乌鲁木齐。京新高速线路全长2768千米，是国家高速公路网规划的第七条放射线，代号为G7，其横贯东北、华北、西北，也称“三北大捷道”，是西北新疆和河西走廊连接首都北京、华北、东北及内地东部地区最为便捷的公路通道，也是一条新的出疆陆路大通道。

在京新高速的建设过程中，内蒙古临白段全长930千米，可谓是里程最长的一段高速公路，地处内蒙古西部巴彦淖尔市和阿拉善盟境内。该段大多位于戈壁、荒漠地区，自然条件恶劣，沿途干旱缺水，有近500千米路段基本为无人区。京新高速临白段总投资356亿元，是内蒙古自治区公路建设史上单体投资和规模较大的项目。该项目起于临河市，与京新高速公路临河过境段连接，经陕坝、青山、敖伦布拉格、乌力吉、苏宏图、雅干、额济纳旗、路井，止于白疙瘩（蒙甘界），其中阿拉善盟境内主线全长 814 千米，采用四车道高速公路标准建设，在阿拉善盟境内有两条连接线，设计行车速度 80 千米 / 小时。

中国中铁承建了京新高速临白段第二标段的建设任务。该标段地处内蒙古西部，主线 352 千米，连接线 62 千米，合同总价值 86.91 亿元，全线穿越戈壁、沙漠、无人区，是国家“一带一路”的标志性工程，是国内七大超级工程之一。该项目中国中铁采用“股权投资 + 施工总承包”的经营创新模式，是中国中铁推进产融结合、深化政企合作、创新商业模式、探索扩大市场份额途径的一种尝试，也是中国中铁明确提出创建“中国中铁安全质量示范线”和“工程项目精细化管理示范线”的“双创”管理提升工程。建设中，中国中铁旗下的中国中铁投资集团组建总承包管理部行使管理职能，中铁二局、中铁三局、中铁六局、中铁七局、中铁九局、中铁北京工程局、中铁广州工程局、中铁物贸集团等单位参与了施工和物资采购，完成了临白段 1/3 以上的施工任务。该标段于 2015 年 4 月开工建设，2017 年 7 月 15 日正式建成通车，历时两年，凝聚了近万名中国中铁人的心血和汗水。

京新高速临白段的建设，对于国家实施西部大开发战略、促进资源开发和能源转换、巩固边防及保持民族团结社会稳定、加快内蒙古自治区融入“一带一路”、破解阿拉善盟“行难”瓶颈、拉动阿拉善盟经济快速发展都具有十分重要的意义。

建成后的京新高速，使得从乌鲁木齐、哈密、伊吾、明水，并经甘肃、内蒙古自治区通往北京的高速公路，里程缩短 1300 多千米。同时，也构筑了一条从祖国北部进入新疆的最快捷的大通道，开辟了一条从新疆霍尔果斯口岸至天津港的北部沿边最快捷的出海通道，打造了一座从天津港至荷兰鹿特丹港最为快捷的亚欧大陆桥，可谓意义重大。

本书记录了中国中铁各参建单位在工程建设、项目管理、科技创新、基层党建等方面的奋斗历程和精彩瞬间，展现了工程建设中中国中铁人勇于跨越、追求卓越的拼搏精神。以此作为纪念。

本书编委会

2018 年 5 月

目录 Contents

用品质和情怀织就“京新玉带”

——中国中铁京新高速临白段总承包管理部建设纪实 …… 001

兑现中国中铁庄严承诺

——中国中铁京新高速临白段总承包管理部“三走三看”主题实践活动纪实 …… 020

旗帜的力量

——中国中铁京新高速临白段总承包管理部创新基层党建工作纪实 …… 029

大漠铸丰碑

——中国中铁京新高速临白段总承包管理部第一项目部（中铁九局）建设纪实 …… 044

大漠深处舞巨龙　建设最美生态路

——中国中铁京新高速临白段总承包管理部第二项目部（中铁三局）建设纪实 …… 062

敢驭苍龙越戈壁
——中国中铁京新高速临白段总承包管理部第三项目部（中铁六局）建设纪实 …… 079

千里丝路　筑梦京新
——中国中铁京新高速临白段总承包管理部第四项目部（中铁二局）建设纪实 …… 098

亮剑戈壁滩
——中国中铁京新高速临白段总承包管理部第五项目部（中铁广州工程局）建设纪实 …… 119

浩瀚北疆展雄风　蛮荒戈壁铸辉煌
——中国中铁京新高速临白段总承包管理部第六项目部（中铁北京工程局）建设纪实 …… 136

情注戈壁滩
——中国中铁京新高速临白段总承包管理部第七项目部（中铁七局）建设纪实 …… 151

至精至诚　甘于奉献　在美丽京新中彰显物贸担当
——中国中铁京新高速临白段总承包管理部物供中心（中铁物贸集团）建设纪实 …… 165

戈壁深处筑新路　西域襟喉扬美名
——中铁一局京新高速明哈段 MH-7 标建设纪实 …… 184

后记

用品质和情怀织就“京新玉带”

——中国中铁京新高速临白段总承包管理部建设纪实

内蒙古自治区阿拉善盟被称作“苍天圣地”，这里蓝天白云、天高地阔，一条玉带般的天路，从漫漫黄沙与荒芜戈壁中蜿蜒着伸向远方，这就是世界上穿越沙漠最长的高速公路工程——京新高速。

京新高速全长2768千米，是国家高速公路网中的第七条放射线。京新高速临（河）白（疙瘩）段总长930千米（其中阿拉善盟境内工程主线814.37千米），是世界上穿越沙漠最长的高速公路，是国家“一带一路”的标志性工程，是继青藏铁路之后又一具有典型艰苦地域特点的代表性工程，是国内七大超级工程之一。中国中铁承建的临白2标段全部位于内蒙古自治区阿拉善盟境内，途经阿拉善盟左旗、右旗、额济纳旗，主线长352千米，连接线62千米，合同总价值86.91亿元，全线穿越戈壁、沙漠、无人区，项目2015年4月24日正式开工，2017年6月25日全面交工验收，2017年7月15日正式建成通车。

通车后，首都北京至新疆乌鲁木齐的公路行车里程比以前道路缩短

1300多千米，一条带动西部边疆大发展，牵引“一带一路”大融合的沙漠天路腾空出世，成为“一带一路”中新亚欧大陆桥天津到荷兰鹿特丹港的重要组成部分，是一条从新疆霍尔果斯口岸至天津港的最快捷的出海通道，将“海上丝绸之路”与“陆上丝绸之路”相连。

100年前，孙中山先生在《建国方略》中勾画出一个宏大设想：东起北平（北京），经阿拉善，西至迪化（乌鲁木齐）的第二条进疆大通道。

百年梦想，今朝梦圆。

运筹帷幄：提前种下品质和情怀的基因

凡事预则立。按照中国中铁股份有限公司统一部署，由中铁投资集团有限公司组建总承包管理部，并代表中国中铁行使全过程项目管理职能。中国中铁8家二级集团公司所属19个三级公司承担施工任务，中铁九局、中铁三局、中铁六局、中铁二局、中铁广州局（原港航局）、中铁北京工程局（原航空港）、中铁七局分别组建了第一至第七项目部，全线物资由中铁物贸集团集中采购供应。所有项目部统一设置“五部两室”，三级公司作为工区直接负责现场施工，实现了项目管理的标准化、规范化、集约化和扁平化。中铁京新总包部针对线路多处穿越戈壁沙漠无人区，自然条件恶劣、施工资源匮乏、物资运输困难、水电网络奇缺、环保要求高、有效工期短等特点，深入研究总包模式特点，超前谋划总包管理思路。

中铁京新总包部总揽全局、超前谋划、科学研判，确立了“54321”工作总体管理思路：以创建“平安工程、优质工程、环保工程、廉洁工程、和谐工程”五大工程为目标；以充分发扬“特别能吃苦、特别能战斗、特别能奉献、特别能胜利”四大优良作风为保证；安全第一、质量至上、科学施工、精细管理，力争实现“三高两创一确保（即高起点、高标准、高质量；创建中国中铁精细化管理、创建安全质量示范线；确保按期建成通车）”。将总体任务分解到各个年度，明确了分年度的工作目标，确定2015年为“攻坚克难苦战年”，2016年为“决战决胜大干年”，2017年为“完美收官分享年”，有效保证了全体参建人员思想上同心、目标上同向、行动上同步。

总包部实施了一系列总包措施，强化管控，推行“京新模板”。先后编制了“四个总体”“五张图表”“两个策划书”“一个方案”的“4521”策划体系，为项目的顺利实施提供了总规划和路线图。组织各参建单位实施了“项目筹备六集中”“项目前期策划七统一”和“总包管理八集控”措施，从源头上增强对项目的管控能力，有效解决了各施工单位管理水平参差不齐的问题，确保项目整齐划一、齐头并进。

京新高速具有民族特色的服务区房建工程

京新高速是内蒙古交通厅创新投融资模式一次性投资建设里程最长的高速公路，是交通部乃至全国的重点工程，具有很强的典型示范作用。建设好京新高速责任重大、意义非凡、使命光荣。总包部提出了“十个京新”目标和两个建设理念，即全力实现“安全京新、优质京新、速度京新、绿色京新、和谐京新、廉洁京新、党建京新、文化京新、人才京新、品牌京新”“用心打造有品位的优质工程、精心建设有情怀的高速公路”。

决胜千里：施工标准化让工程全面提速

中铁京新总包部以高度统一思想认识为基础，以精细化、系统化、集约化和信息化为手段，以与总包管理紧密结合为保障，通过“咬定一个目标、紧扣两个重点、坚持三个注重、实现四个提升”，全面推进施工标准化工作，打造项目的示范和样板。

施工标准化是工程建设和项目推进的助推器、催化剂，是建设精品工程的试验田、检测场，是查找管理水平差距的放大镜、超声波，是提升绿色文明施工水平的百宝箱、法宝库，是全面实现“十个京新”目标和两个建设理念的必由之路和有效手段。为此，总包部制定了《施工标准化活动实施方案》等文件，对办公区、生活区、工地试验室、各类大型临时设施、现场各类标志标示牌、环境保护和水土保持设施等建设标准统一以图文并茂的形式做了明确要求，强化宣贯和集中推广，确保全体参建者思想高度统一。

总包部紧紧咬定“坚决全面实现施工标准化”一个目标，紧扣“工地建设标准化、施工过程规范化”两个重点，通过坚持“注重精益求精，实现整体质量与局部细节的有机结合；注重方案创新，实现统一要求与个性差异的

有机结合；注重理念创新，实现总包管理与专项建设的有机结合”思路，实现了“人本化管理理念、标准化工作习惯、精细化管理水平、工厂化工作环境”的四个全面提升。高度重视“施工标准化与总包管控相结合”，对于全线的现场各类标牌标语、百米桩、里程碑、工作装、安全防护设施等统一由总包部集中采购和制作发放；按照“临建工程比照主体工程管理”思路，施工便道统一按照“三图四控”规划设置和建设；全线统一设置机械设备标牌信息，统一编号，集中管理；统一配置“职工上下班接送亲情班车”，人员集中接送。

一系列措施的实施，使广大参建员工行为走上了“标准成为习惯、习惯符合标准、结果达到标准”的良性循环，施工现场呈现出施工便道规范化、临时排水系统化、作业环境舒适化、生活条件人文化、施工操作流水化、构件生产工厂化、工程质量精品化、生产效率均衡化、环境保护常态化的良好局面。

京新高速有效工期仅 16 个月，月均完成 5.5 亿元的任务，没有热身时间，没有犯错机会。总包部始终贯彻“认识领先、观念领先、思想领先、行动领先、执行领先、能力领先”思路，向全员灌输全面、优质的履约理念，将劳动竞赛作为强化施工组织、全面履行合同承诺的抓手，通过“四大战役”劳动竞赛实现决战决胜和完美收官。坚持用“月度考核，战役评比，集中表彰”的方式对施工产值、形象进度等 10 个方面进行检查评比考核，每个战役都有明确的竞赛主题、考核重点、评比办法、综合排名、奖惩措施。针对不同时期的关键线路、关键工序开展单项竞赛，这种“战役竞赛 + 专项竞赛”“大竞赛 + 小竞赛”的“组合拳”模式，有效增强了总包部对现场的管理力度。高度重视节点考核管理，严肃问责制度，适时启动三级工期预警机制，采取全线资源统一调配、各级领导驻点包保、上级公司现场办公等帮扶与总包管理措施，有力推动了工程建设的顺利实施。

京新高速施工现场

为了充分发挥物资集采优势，总包部成立物供中心，针对物资采购尤其是钢材、水泥、沥青等大宗物资超前规划供应方案，规范实施各类采购活动，大幅降低物料成本，实现降本增效目标，从源头把控原材质量关。针对全线自然条件恶劣、生活用品奇缺、交通运输不便的实际情况，集中开展了“办公用品一站式采购、加满后备厢、亲情通勤班车、放心菜篮子、爱心快递服务站”等多项“情系京新”特色集采活动，“亲情班车”累计通行410余班次，运送桶装水8430桶、收寄邮件24000余件，集中采购安全帽5000顶、反光防护马甲15000多件、安全标识牌300余套、减速水马等交通安全设施5600多件，为“四大战役”劳动竞赛活动的顺利开展提供了重要的后勤保障。

2016年8月10日，352千米主线路面全线贯通，比建管办要求的时间提前了一个月。

万无一失：安全和质量为天路完美收官

安全生产是一切工作的前提和基础，基础不牢，地动山摇。总包部始终将安全生产作为“重于一切、高于一切、压倒一切”的第一要务，全面灌输“安全事故，政治高度；万无一失，一失万无”的理念，以创建交通部“品质工程”“平安工程”和中国中铁“安标工地”为抓手，深入推行分级全覆盖安全质量责任书制度、班组长安全质量责任制、主要领导带班制度、三级公司安全总监月度现场办公制度、京新特色的“安全责任首见负责制”等，分兵把口，落实责任，突出预防，严肃问责，以管理的标准化促进施工生产的安全可控。

根据不同时期安全管控重点有计划地组织开展了“交通安全警示周”“安全文化长廊建设”“安全生产标准化达标”等专项活动，真正把安全风险管控挺在隐患前面，把隐患排查治理挺在事故前面。将安全培训不到位作为最大的安全隐患，不断强化教育培训，坚持铁腕管安全，加大安全隐患处罚力度。累计培训21400余人次，集中培训特殊工种、专职安全人员176人，开展应急预案演练46次，下达《安全质量罚款通知书》20份。广泛开展了全线“安全卫士”评选活动，全线总计评选出22名“安全卫士”和两个“先进集体”。

质量是企业的生命，超前的质量管理理念、严格的质量管理措施和优良的质量管理成果对提升企业核心竞争力和品牌美誉度具有至关重要的作用。开工伊始，总包部就确立了“按照鲁班奖标准开展质量管理工作”的总体思路，全面灌输“质量至上，建戈壁景观优质工程”的质量管理理念。大力推行“开工必优、一次成优、方案选优、工艺从优、过程创优、罚劣奖优”的

“六优”质量工作标准和“黑色路面绿色化、附属工程主体化、交安工程艺术化、房建装修家庭化、机电安装精细化”的“质量五化管理”要求。按照“京新高速没有附属工程”的工作定位，对主体工程以外的所有工程，比照主体工程进行集中策划、管理、检查、考核、评比、奖惩。

总包部从上到下逐级建立健全了管理组织机构，分解责任，落实到人，形成了“横向到边、纵向到底”的全覆盖管理网络，严格落实安全质量责任包保制度，以层层签订安全质量责任书分解落实安全质量责任。全线建立了“三检”“三查”“三会”制度，实施重点突出项目各级领导干部现场带班检查制度，加强现场管理，不断提高现场安全质量管控力度。通过“行政手段、经济手段两手抓，两手都要硬”的工作方法有力地促进了现场的安全质量工作。

在施工现场认真落实“首件工程认可制”，坚持样板引路、示范先行，先后研究制定专项控制方案21份，组织召开现场观摩会15次，采用包括引进THC系列高速液压强夯机对台后涵背填筑补强处理，消除工后沉降等多项先进工艺，浆砌工程开工严格执行“七个前置条件验收通过制度”，防撞

京新高速主体工程

墙在桥下做好试验段验收工作，且验收通过后才可以上桥施工，为把京新高速建设成浑然一体的戈壁景观工程和品质工程夯实了基础。

回顾三年建设之路的顺利实施，离不开每一位建设者的安全意识和责任担当，全线"安全生产零事故""质量管理零缺陷"的成绩，为这条"天路"的建成通车提供了有力保障。

绿色环保：像保护眼睛一样保护阿拉善盟

京新高速沿线生态系统脆弱，一旦破坏极难恢复。总包部在开工之初就树立了"环保为先、绿色施工"的总体思路，建设期间始终将保护阿拉善盟脆弱的生态环境放在第一位，像保护眼睛一样保护生态环境，像对待生命一样对待生态环境，全力推进"绿色京新"建设，努力做到"在美丽的阿拉善盟大地，除了留下一条康庄大道、一段美丽传说和一腔深情厚谊外，不留下一丝来过的痕迹"。在劳动竞赛活动中始终秉承"环保一票否决制"，坚持每月定期开展"清除白色污染、守护一片绿色"垃圾清捡专项活动，通过聘请当地人员担任专职环保监督员、邀请新闻媒体突击看环保、四个空瓶子换一瓶矿泉水等特色活动，营造"人人爱环保、人人促环保"的良好氛围。坚持以人为本，针对施工期间风沙大、施工人员上厕所困难的实际情况，在施工现场安装了 3 个环保型移动卫生间。

总包部始终以"四节一环保"为管控重点，从管理找缺口，通过制度优化、流程细化、流程梳理打通等提升能源基础管理水平，深挖节能潜力，把节能减排工作贯穿于工作和生活之中。连续开展了"节能有道、节俭有德"和"节能领跑、绿色发展"节能减排宣传周活动，发放各种宣传材料、画册

200余本，张贴宣传海报300余页。与技术革新和新技术引用相结合，大力推广低碳节能型技术，沥青混凝土拌和站全部采用燃油性材料，减少煤炭用量，降低碳排放量；路基闷料工艺、棚室养生、两布一膜覆盖养生等节水型技术的采用，有效减少水资源用量；项目驻地推广太阳能、风能技术。综合统计万元利润能耗0.0015吨～0.0017吨标准煤/万元。

坚持科技开发与成果推广并重方针，努力提高管理与施工的效能。树立借鉴模仿比原始创新更重要的理念，通过“走出去”“请进来”解决技术难题，避免闭门造车、事倍功半，树立小改小革比大创大新更重要的理念，重视包括农民工在内的普通员工在施工过程中的创造发明。立足现场，鼓励创新，通过小发明小创造解决大问题。《提高戈壁地区路基施工用水利用率》和《提高戈壁气候预制20m箱梁外观质量控制》QC成果分别荣获“2016年度全国工程建设优秀QC小组活动成果奖二等奖”“全国工程建设质量管理小组成果三等奖”,《沙漠地区防沙固沙袋的灌沙工具专利》获得国家知识产权局批准,《沙漠地区路基填筑施工工法》获得了1个省级工法,《沙漠地区恶劣环境下高速公路路面综合技术研究》获得部级科研成果。

2017年3月18日，在内蒙古自治区“2017年全区高速/一级公路工程质量与安全管理人员培训班”上，中铁京新总包部三次应邀为学员授课，全面推广中国中铁京新高速总包部创建“品质工程”示范项目的做法和经验。2017年6月，内蒙古自治区交通建设工程质量监督局分两个批次，对中国中铁京新高速创建的“品质工程”进行现场观摩学习和专题座谈交流，全方位深入了解中国中铁在荒漠戈壁上创建“品质工程”的工艺亮点和创新做法，极大地肯定了中国中铁京新高速项目总包部在“品质工程”创建工作中的先进做法和成绩。

京新高速穿越沙漠戈壁无人区

内外兼修：人才与文化让京新鲜活起来

中铁京新总包部重视在每项工程的规划设计、建设施工、运营管理等工程项目全生命周期中包含人才培养、队伍建设和行业文化、当地文化、民族文化、企业文化、党建文化、廉洁文化、建设者情感情怀和动人事迹等“软文化”的融入和传承，使工程具有了灵魂与生命，提升了工程的品位。

总包部在人员素质建设工作中确立了“人才京新”战略，提出了让所有员工“成长京新，建功京新，增值京新，受益京新”的目标，制订优秀年轻人才培养目标，组织开展了多层次、多渠道的各类培训，共有 26 人取得各类一级执业资格证书，更多的管理人员走上了更重要的工作岗位，真正实现“今天员工以京新项目为荣，明天京新项目以员工为荣”的“人才京新”建设初衷。全线共建立了 18 个职工夜校、职工之家等文化阵地，制订员工教育培训计划，将实施情况纳入日常管理考核工作中，对一线员工分批进行操作技能培训，开展“弘扬工匠精神，争做工人专家”活动，评选出“京新十大工匠”，有利促进了全体员工积极学习技术业务和操作技能的热情。

总包部结合项目和阿拉善盟的地域特点，提炼总结出“八四四文化体系”（即八字理念，四大精神，四个支撑），在项目管理中发挥了重要作用。理念深入人心，精神汇聚力量，支撑展示作为。以“内树典型、外塑形象、提升品牌”为着力点，大力弘扬“感恩、责任、奉献、卓越”八字理念；培育和发扬以“勇于挑战的航天精神，重责爱岗的边防精神，甘于奉献的胡杨精神，吃苦耐劳的骆驼精神”为核心内容的“京新精神”；全面展示以“风沙大干劲更大，气温高斗志更高，缺水不缺精神，少电不少风采”为支撑，主动担当、主动作为、凝心聚力、实心实干的情怀和风采。关心爱护员工、强化教育培训、提高福利待遇、主动帮扶救助，将京新作为事业大平台、人生大舞台、生活大家园、工作“大学校”。

总包部按照“文明施工塑形、主题活动造势、评优表彰润心、内外兼修铸魂”的工作思路，以“品质工程”建设的新理念、新思路、新要求为基础，全力打造京新文化长廊，广泛传播京新精神，深入挖掘先进典型，激发新活力，凝聚正能量，催生好榜样。组织开展“爱岗敬业先进个人”“建功京新巾帼英雄”“感动京新先进典型”“中铁京新十大工匠”和“敬业奉献先进个人”“爱企如家先进个人”等评选和集中表彰活动，极大激发了广大参建员工的积极性、荣誉感。组织开展“京新模范讲京新”专题活动，以“身边人讲身边事，身边人讲自己事，身边事教身边人”的形式，传播价值理念，凝聚京新力量，起到了很好的教育和鼓舞作用，为把京新高速建设成为一条有情怀的高速公路凝聚了正能量、提供了新动量、贡献了新力量。

全线开展“感动京新”先进事迹和优秀人物选树宣传活动，各参建单位的宣传骨干深入施工一线，采访挖掘先进典型事迹，讲好京新故事，唱响京

新声音。累计采写各类宣传稿件330余篇，被中央级、省部级媒体刊发转载900余次，《旗帜的力量》被人民网、新华网等全文、内蒙古日报整版、7月1日的中国交通报通版刊发，引起较好反响。2016年5月17日，“中铁京新”微信公众号开通运行，编发各类信息130余条，编辑出版《鏖战京新》内部报纸8期，制作高清专题宣传片《驰骋大漠铁骑飞》，全面展示了中铁京新的建设成果和先进典型，成为文化京新建设的重要窗口和平台。

2016年8月15日，中央电视台新闻频道以“高温下的戈壁，沙漠中的筑路人”为题播发了京新高速战高温的新闻；2016年9月25日，中央电视台《新闻联播》《新闻直播间》等栏目滚动报道了京新高速建设成果；2016年10月28日，中央电视台《经济半小时》以“京新高速：穿越沙漠的巨龙”为主题作了长达30分钟的专题报道，大力宣传了中国中铁京新高速公路工程建设的重大举措、最新进展、成功经验和先进典型；2017年5月28日，中央电视台《新闻联播》以“为了我的国”为题作了新闻报道；2017年6月10日，中央电视台《新闻联播》专题节目“‘砥砺奋进的五年——重大工程’中国高速公路：新理念、新飞跃”，再次聚焦中国中铁京新高速，称其为创新发展理念，打造绿色高速、生态高速、智慧高速的代表性重大工程。

中国中铁京新高速5次登上新闻联播，14次登上中央新闻，充分展示了中国中铁的实力和品牌形象，讴歌了建设者攻坚克难、奋勇拼搏的时代风采，国内七大超级工程实至名归，为推进项目建设营造了浓厚的氛围，提供了精神动力、思想保证和舆论支持，在社会各界引起了强烈反响。

修建一条道路，造福一方百姓，是中铁筑路人多年来长期坚持的一个理念。据不完全统计，项目开工以来，中国中铁各参建单位累计为沿线牧民、政府、边防部队义务修路80余千米；捐建饮水工程200余万元；捐助水泥、砂石等建筑材料、空调、电脑、洗衣机等生活物资价值220余万元；协助运输各类紧缺生活物资数百次。全线各参建单位主动为当地百姓提供体检服务，慰问和救济困难牧民，主动安排其子女实习，主动联系解决羊肉、西瓜、西红柿等农产品滞销问题，降低老百姓的经济负担。

中铁筑路人从小事做起，从点滴做起，真心实意为当地牧民百姓造福。一系列爱心公益举措增进了与当地政府和牧民之间的关系，促进了和谐社会建设。绚丽的和谐之花开满美丽的阿拉善盟大地，中铁京新沿线处处呈现出“路地一家亲、军民大团结”的温暖场景。

实至名归：党建活动叫响京新超级品牌

做实、做牢、做强党建工作是艰苦地域项目建设成功的重要经验和有力法宝。总包部高度重视“党建京新”的建设工作，持续开展了“沙漠戈壁党旗红，鏖战京新争先锋”“两学一做当表率，提质增效作贡献”“三面旗帜进班组，工匠精神铸精品”“三走三看”等主题活动，动员全体参建员工，大力弘扬焦裕禄精神、雷锋精神，把丰富多彩、形式多样、内容充实的基层党建特色活动，转化为凝心聚力、促进生产、强化管理、提高水平的有效手段和载体，中铁京新总包部也被中国中铁党委确定为“中国中铁党建工作调研联系点”。

深入开展“诚信敬业”道德讲堂活动，用先进典型的事迹感染人、教育人、鼓舞人。2015年11月8日，总包部邀请焦裕禄的女儿焦守云女士做了《我的父亲焦裕禄》专题讲座，在建设者深受教育的同时，焦守云女士也被建设者的事迹所感动，她含泪写下的长篇博文《中铁京新人像我的父亲一样在最艰苦的地方奋斗》在社会上引起强烈反响。2016年7月20日，总包部举办了“学习雷锋好榜样，两学一做当表率”专题报告会，邀请了雷锋生前最亲密的战友乔安山等3位模范做了精彩报告，迅速在京新高速项目全线掀起了“忠于人民忠于党，爱岗敬业我更强”的劳动竞赛高潮。

2016年，总包部党工委创新开展了“三面旗帜进班组”党建专题活动，党建、工建和团建工作水乳交融，共同发力。全线279名党员（包括12名农民工党员）加入党员先锋岗，308名管理骨干和技术工人加入工人先锋号，315名团员青年加入青年突击队，党员统一佩戴党徽，全体成员佩戴袖标，“三面旗帜”在办公区域、宿舍驻地、桥头路面、大型设备上高高飘扬，营造了热烈的大干气氛，提供了强大的思想动力，各项业绩得到明显提升。

两学一做当表率，三走三看展作为，2017年总包部策划开展了“三走三看”主题实践活动，即京新家属走京新，看无私奉献好亲人；沿线牧民走京新，看未来美好新生活；媒体记者走京新，看西部边疆大发展。开展“三走

鏖战京新

三看”主题实践活动与顺利推进工程建设相辅相成、互相促进，为京新高速公路工程建设实现决战决胜、完美收官提供了重要支撑。活动引起了中央级、省部级、地市级主流媒体的广泛关注和集中宣传，全国共有超过50家报纸、电视、广播、网络等媒体对“三走三看”活动进行了持续集中报道。

在京新高速项目建设进程中，中铁投资集团有限公司荣获阿拉善盟“五一劳动奖状”、内蒙古自治区建筑业协会“常务理事单位”；中国中铁京新高速项目总包部荣获内蒙古自治区“工人先锋号”“全国青年文明号创建团队”“支持民生工程建设先进集体”“中国中铁成本管理标杆单位”“中国中铁党建工作调研联系点”“中国中铁红旗项目部”“中国中铁工程项目文化建设示范点”等荣誉和殊荣；全线参建单位多名个人荣获不同级别的各种奖项和荣誉。

苍天圣地阿拉善，走进容易走出难。

中国中铁京新高速全体参建员工亮剑戈壁、攻坚克难，无数领导、伙伴、战友、亲人们热切关注、大力支持、同甘共苦、无私奉献，凝心聚力、众志成城书写了一篇篇动人的华丽篇章，取得了一个个喜人的丰硕成果，赢得了一阵阵由衷的热烈掌声，树立了一座座巍峨的筑路丰碑。中铁京新人付出了那么多的艰辛和努力，用忙碌的脚步反复丈量着阿拉善盟这片贫瘠而又神秘的土地，创造了那么多的辉煌和奇迹。

还有无数默默在自己工作岗位上做出突出贡献的战友们的事迹，让沙漠折服、令戈壁动容，每一次忆起，无不饱含深情、催人泪下、感人肺腑、激人奋进。

那一片片新生的绿色和金丝带般的“天路”将会永远铭记……

（撰稿人：中国中铁京新高速项目总包部）

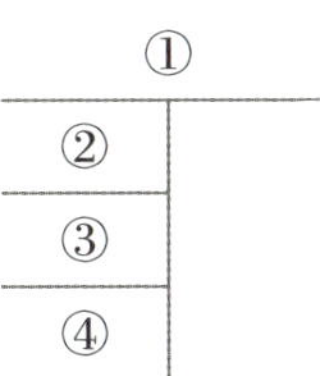

① 2016 年 8 月 10 日，中铁京新 352 千米主线路面胜利贯通

② 安全宣誓

③ 安全宣誓

④ 安全质量承诺签名

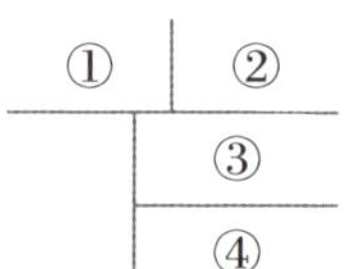

① 掀起施工高潮

② 路面工程施工

③ 打造“品质工程”现场学习观摩

④ 路面工程贯通仪式

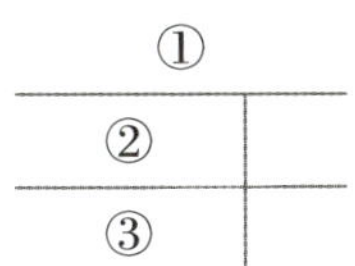

① 施工组织有序

② 俯瞰中铁京新高速

③ 京新高速互通式立交工程

兑现中国中铁庄严承诺

——中国中铁京新高速临白段总承包管理部“三走三看”主题实践活动纪实

三年时光弹指一挥间，中国中铁京新高速临白段总承包管理部以“十个京新”的靓丽风采，完美地兑现了当初的庄严承诺。

2017 年是京新高速公路项目建设完美收官的关键之年，为彰显央企的社会责任、创建“品质工程”示范项目、创新基层党建文化工作，同时面向社会各界全面总结和展示京新高速公路开工建设两年多来的艰辛历程和重要成果，中国中铁京新高速公路项目总包部从 2017 年 3 月 6 日起，陆续开展了“京新家属走京新，看无私奉献好亲人”“沿线牧民走京新，看未来美好新生活”和“媒体记者走京新，看西部边疆大发展”这三个“三走三看”主题实践活动。

历经三个月精心筹划，周密部署，“三走三看”主题实践活动成功达成。这三次的精彩亮相，也为打赢决战决胜收官战、安全优质按期实现京新高速建成通车的任务提供了坚强有力的保障和支撑。

京新家属走京新，看无私奉献好亲人

2017年3月6日，巴丹吉林沙漠腹地的乌力吉苏木，比平时增添了一份生机和活力，中国中铁京新高速公路项目总承包管理部在建设现场启动了“三走三看”主题实践活动。

23位京新高速建设者的家属和38位“巾帼英雄”，阿拉善盟人大工委副主任、工会主席郭秀珍，阿拉善盟工会副主席刘明豪，京新高速建设管理办公室主任杜子义、执行办主任林军、副主任许敏，中铁投资集团副总经理、京新总包部党工委书记、总经理孙玉国，总包部常务副总经理杨孟乾、副总经理亢剑等及21家参建单位的代表共150余人参加了启动仪式。

郭秀珍主席宣布活动正式启动。郭秀珍主席、杜子义主任分别做了讲话，肯定了中国中铁在京新高速建设过程中取得的优异成绩，肯定了参建单

“三走三看”主题实践活动现场

位为沿线牧民做出的贡献。启动仪式上，还为每一位京新家属送上了鲜花和红围巾，表彰奖励了为京新高速的建设做出突出贡献的“巾帼英雄”。

孙玉国在启动仪式上介绍了中铁京新项目的基本情况以及开展“三走三看”主题实践活动的重要意义，“邀请京新家属走京新，是为了全力回报全线家属们的理解和支持，看看亲人们的工作成果，更好地支持亲人们的工作。”孙玉国说，通过开展“三走三看”主题实践活动，就是要让更多的人参与到工程建设中来，让家属、牧民、媒体记者等各方代表边走边看，深入了解工程建设的过程和意义，进而为创建“品质工程”示范项目、实现建设目标争取各方力量的支持，使京新高速公路真正成为阿拉善盟连通内外客商、宣传品牌价值的一条纽带、一张名片。启动仪式结束后，京新家属们在自己亲人的陪同下，乘车走完了中国中铁承建的352千米线路，有幸成为京新高速公路全线通车运营之前的第一批乘客。

沿线牧民走京新，看未来美好新生活

2017年4月16日，位于内蒙古阿拉善盟左旗乌力吉苏木的中国中铁京新高速项目总承包管理部，再次迎来一批特殊的客人。由阿拉善盟工会、京新高速建管办、中国中铁京新高速项目总承包管理部共同主办的“三走三看”主题实践活动之“沿线牧民走京新，看未来美好新生活”体验行活动在这里隆重举行。京新高速沿线牧民代表、边防官兵、阿拉善盟人大工委委员、政协委员及沿线小学师生代表共百余人齐聚京新高速，共同见证这条“沙海天路”的诞生。

活动现场，伴随着悠扬的马头琴声，中国中铁京新高速建设者们给被邀牧民、师生、边防官兵代表赠送了纪念礼物，同时，牧民代表也向京新高速建设者敬献了哈达，表达他们对建设者的感谢。走在宽阔、笔直的京新高速公路上，大家相互交流，共谈感受，无不为这样一条“天路”的诞生拍手叫好，也对筑路者无私的奉献精神表示敬佩。“真是太不容易了，在茫茫沙海中，在这样艰苦的条件下，修出这样一条高品质、高规格的公路，我不仅感受到了经济社会发展给我们老百姓带来的切身利益，也看到了未来的新生活，路修通了，我们的致富之路就又多了一条，为我们的筑路人点赞。”看着笔直的路，阿拉善盟政协委员范金贵激动地说。

“路修通了，对我们当地牧民来说，就是福音，刚开始还不理解，不愿让出自己的草场，现在看来，这是一项伟大的工程，不仅给我们的出行提供了便利，也为乌力吉苏木（牧业区）的经济发展提供了保障。”走在京新高速上，牧民代表萨仁高兴地说。

“三走三看”主题实践活动现场

“邀请沿线牧民、师生代表、人大工委委员、政协委员、驻地边防官兵走京新，是为了让阿拉善盟的人民群众更加深入了解京新高速工程建设的重要意义，让更多的人看到未来的美好新生活、新希望。”中国中铁京新高速公路项目总承包管理部副总经理亢剑说。

媒体记者走京新，看西部边疆大发展

2017 年 5 月 20 日，“三走三看”之“媒体记者走京新，看西部边疆大发展”主题实践活动在中国中铁京新高速项目总包部举办，人民日报、新华社、中央电视台、中央人民广播电台、光明日报、中国青年报、工人日报、中工网、内蒙古日报、阿拉善日报、中国中铁报等十余家中央、自治区、盟级主流媒体记者，以及牧民代表、边防官兵共百余人齐聚京新高速，共同见证这条“天路”的建设成果。

阿拉善盟委委员、宣传部部长田德志，阿拉善盟人大工委副主任、阿拉善盟工会主席郭秀珍，时任中国中铁新闻中心主任曹艳春，时任中铁投资集团有限公司党委书记、董事长王喜军，京新高速阿拉善盟段建设管理办公室主任杜子义，中铁投资集团副总经理、京新总包部党工委书记、总经理孙玉国出席活动。

此次活动由阿拉善盟工会、京新高速阿拉善盟段建管办、中国中铁新闻中心、中铁投资集团有限公司党委主办，一天的时间，352 千米，媒体记者们边走边看、相互交流、畅谈感受，聆听两年来建设者的感人事迹，无不为这样一条“天路”的诞生发出由衷的赞叹，也对筑路者的爱岗敬业、默默奉献表示敬佩。

“媒体记者走京新，看西部边疆大发展”体验行活动合影

中国青年报记者崔丽说：“难得有这样的机会来到京新高速建设的第一现场，亲身感受建设历程和成果，我感触很深。作为一名记者，我有责任把建设者的故事讲给更多的人听。未来我还会继续关注京新高速建成通车以后对促进西部边疆大发展的积极效应，以及给当地百姓生活带来的变化。”

“京新高速是一条幸福之路，也是一条艰辛之路。能参加今天的活动，我感到很荣幸。”新华社记者樊曦说。5 年前，她曾到过额济纳旗，当时黄沙拂路的情景给她留下了深刻的印象。现在的京新高速是一条高标准、高质量的路，它的建设过程、重要意义值得每一位媒体人关注和记录。

时任中铁投资集团有限公司党委书记、董事长王喜军告诉记者，媒体记者走京新，就是要进一步宣传京新高速在国家西部大开发和“一带一路”建设中的重要作用和现实意义，深入报道京新高速公路的建成通车对促进阿拉善盟融入“一带一路”和“向北开放”的积极作用，使京新高速公路成为阿拉善盟连通内外客商、宣传品牌价值的一条纽带、一张名片、一个窗口。

据京新高速阿拉善盟段建设管理办公室主任杜子义介绍，两年来，中央、自治区、盟级多家主流媒体多次深入施工现场，大力宣传报道了京新高速建设的重大举措、最新进展、成功经验和先进典型，充分展示了中国中铁的出众实力和品牌形象，讴歌了建设者攻坚克难、奋勇拼搏的时代风采，为推进项目建设营造了浓厚的氛围，提供了精神动力、思想保证和舆论支持。

总结三年多来的建设历程，中国中铁京新高速公路项目全线开展了丰富多彩的主题活动，各类活动始终围绕建设管理中心，接地气、重实效、抓基础、展作为、持续强化、不断升级，为项目建设顺利推进奠定了基石、提供了保障，全面总结和展示了中国中铁京新高速公路项目建设的艰辛历程和重要贡献，兑现了中国中铁庄严的承诺。

（撰稿人：陈小军　赵晓丹　周　桐）

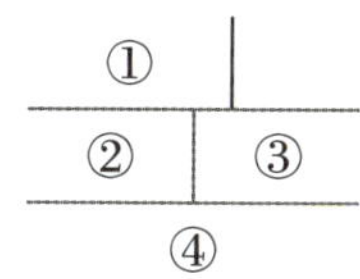

① “媒体记者走京新，看西部边疆大发展”体验行活动

② “三走三看”主题实践活动现场

③ 牧民给媒体记者敬献哈达

④ “三走三看”主题实践活动现场

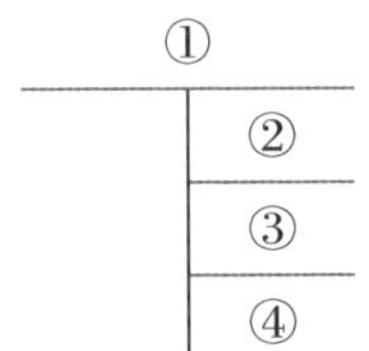

① 京新家属走京新合影

② “三走三看”活动表彰

③ “三走三看”媒体记者见面会

④ “三走三看”活动座谈会

旗帜的力量

——中国中铁京新高速临白段总承包管理部创新基层党建工作纪实

焦裕禄精神犹如一座丰碑巍巍矗立，永远不会过时。无论过去、现在还是将来，焦裕禄精神都是人们心中永不磨灭的丰碑，永远是鼓舞我们艰苦奋斗、执政为民的强大思想动力，永远是激励我们求真务实、开拓进取的宝贵精神财富。

时至今日，焦裕禄的女儿焦守云在网络空间里发表的一篇题为《他们（中国中铁京新高速公路建设者）和我的父亲一样在最艰苦的地方奋斗》的博文，仍然广为传颂，社会各界反响强烈。

这篇博文是焦裕禄干部学院名誉院长、焦裕禄的女儿焦守云应邀为中国中铁京新高速公路建设者做完《我的父亲焦裕禄》专题报告后的真情告白。她用质朴的语言，满怀深情地抒发了她对中铁京新人的关爱。透过她对艰苦施工环境的真实描述，再现了中铁筑路者坚强、执着、刻苦、奉献、奋进的精神。

中国中铁京新高速临白段总承包管理部党工委书记、总经理孙玉国说：

“焦裕禄精神诞生于河南兰考，我们在内蒙古阿拉善盟建设国家重点工程。虽然相隔千里，但是因为我们都是共产党员，我们的工作环境同样艰苦，焦守云女士一场震撼心灵、洗涤思想的报告，把我们密切地联系在一起。学习焦裕禄精神，两学一做当表率，提质增效作贡献，我们中国中铁人也应为此在京新高速建设进程中树立起一座丰碑。”

伴随京新高速公路临白段（阿拉善盟境内）建设的顺利推进，焦裕禄精神在广袤的阿拉善盟戈壁沙漠中落地生根，这为中国中铁京新高速项目党建工作，特别是“三面旗帜进班组”党建专项活动提供了强大的思想源泉。争做焦裕禄式的好党员，成为这里每一名共产党员的目标和行动。他们带动着一大批年轻人和劳务工，恪尽职守、攻坚克难，艰苦奋斗、尽心尽力，为把京新高速公路建设成为一条人民放心的交通工程做出了巨大贡献。

焦守云为中铁京新高速公路建设者做《我的父亲焦裕禄》专题报告

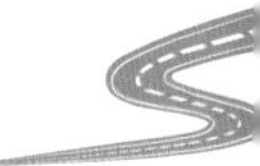

走进中国中铁京新高速公路项目建设工地，三面色彩鲜亮、主题鲜明的旗帜迎风招展，在内蒙古阿拉善盟无边无际的戈壁沙漠中，那一抹红色立即吸引了人们的眼球。用“党员先锋岗、工人先锋号、青年突击队”命名的“三面旗帜”，在建设者的“呵护”下，引领和传递着一种无比坚强的力量。

“我们5月份完成施工产值1.3亿元，勇夺总包部考核评比第一名，不但生产任务完成得好，而且干部职工的士气高涨，‘三面旗帜进班组’党建专项活动力拔头筹、功不可没。”

说这句话的人叫何明江。他是中铁京新总包部第五项目部的党工委书记，是一位地地道道的基层党务工作者，脑子活、办法多、工作经验丰富，大家都称呼他为“老书记”“老班长”，他对夺取更大的胜利信心百倍。

在“三面旗帜进班组”党建专项活动中，他义不容辞、主动请缨，担任第五项目部“党员先锋岗”的负责人，与他一起搭班子的党工委副书记、项目经理谢秉军，担任“工人先锋号”的负责人，技术主管周雄担任“青年突击队”的负责人。个个都是“拼命三郎”，带领36名党员、43名管理骨干和技术工人、35名团员青年扛起“三面旗帜”，在急、难、险、重任务中冲锋在前。

…………

这是中铁京新总包部党工委大力弘扬焦裕禄精神，落实中国中铁股份公司党委“两学一做当表率，提质增效作贡献”主题实践活动要求，创造性开展“三面旗帜进班组”党建专项活动的一个缩影，也是他们以一种看似平常的方式，创新和构建基层项目党建工作新思路、新格局、新作为的一个鲜活样本。

旗帜引领，聚力提气
“三面旗帜进班组”党建专项活动的重要基础

中国中铁股份有限公司施工总承包的京新高速公路临白段（阿拉善盟境内）LBAMSG-2 标工程地处内蒙古西部，主线 352 千米，连接线 62 千米，合同总价值 86.91 亿元，全线穿越戈壁、沙漠、无人区，是国家“一带一路”的标志性工程，是继青藏铁路之后又一具有典型艰苦地域特点的代表性工程。

中国中铁委托中铁投资集团有限公司成立总承包管理部负责建设管理，旗下中铁九局、中铁三局、中铁六局、中铁二局、中铁广州工程局、中铁北京工程局、中铁七局和中铁物贸集团，8 家二级集团公司所属 19 家三级施工企业承担施工、物资集采供应任务。施工高峰期，参建人数达 8100 余人。

如何充分发挥“中国中铁”品牌、资源、技术、项目管理四大核心竞争力？如何充分发挥专业化分工、大兵团作战、集约化管理优势？如何充分发挥基层党组织的战斗堡垒作用和党员的先锋模范作用？成为摆在中铁京新总包部面前的现实问题。

时间追溯到 2015 年，项目开工建设。

他们取得了 2015 年当年开工、当年完成产值 42 亿元的优良业绩，创造了中铁“京新模式（54321 总体管理思路 + 总承包管理模式模板模块 + 八四四文化体系 + 特色党建活动 + 和谐路地共建 + 良好精神 + 强大的执行力）”。

自开工建设以来，他们连夺首段路基交验、首段路面水稳试验段开工、首片箱梁架设、首座房建工程顺利封顶等多项全线第一。

其中很重要的一个经验是，坚持“围绕中心、立足项目、融于管理、务求实效”的思想和理念，狠抓项目党建工作，持续创新和构建项目党建工作的新思路、新格局、新作为，基础牢、做法实、效果好。

“我们同舟共济、披星戴月，已经在京新项目战斗了300多个日日夜夜，终于迎来了2016年项目的决战决胜，必须坚定不移、毫不动摇地依靠各级党组织，落实中国中铁股份公司党委‘两学一做当表率，提质增效作贡献’主题实践活动要求，在持续开展‘沙漠戈壁党旗红，鏖战京新争先锋’党建主题活动的基础上，开展‘三面旗帜进班组’党建专项活动，为实现决战决胜目标提供坚强有力的组织保障。”孙玉国在2016年4月16日召开的党建工作座谈会上坚定果断地说。

中铁京新总包部召开第三战役劳动竞赛动员大会，
启动“三面旗帜进班组”党建专项活动

2016年4月24日，中铁京新总包部在“京新杯”第三战役劳动竞赛动员会上正式启动了“三面旗帜进班组”党建专项活动；2016年5月12日，制定发布了《中国中铁京新高速公路项目“三面旗帜进班组”党建专项活动实施细则》；与此同时开展了“弘扬工匠精神，争做工人专家”——“京新十大工匠”评选、“感动京新”先进集体、优秀个人选树宣传工作，三项活动同时启动、齐头并进，相辅相成、互为促进。

总包部党工委早行一步，先做标杆，对领导班子进行了包保责任分工。共产党员、副总经理张立业、盘明山、杨孟乾，现场办公、蹲守负责，统筹管理全线的安全、质量、环保、进度工作。

共产党员栗勇、亢剑，一个主管工程技术，一个主管安全质量环保，他们作为总包部共产党员的先锋代表，更是盯控施工现场不松劲，当表率做先锋。

旗帜引领，聚力提气，这是“三面旗帜进班组”党建专项活动的重要基础。点燃参建员工的热情，提高凝聚力和战斗力，活动就此在项目建设工地火热地开展起来。“党员先锋岗”“工人先锋号”“青年突击队”三面旗帜迅速进入了沥青路面、防护工程、桥面系、服务区等各个施工班组攻坚克难的最高地、最前沿。

党员先锋岗正在施工现场盯控路面施工质量

敢于担责，勇当先锋
“三面旗帜进班组”党建专项活动的实践做法

认识到位、思路清晰，方向明确、组织有力。

中铁京新项目全线10个党工委，25个党支部，第一时间通过举行宣誓授旗仪式、召开专题座谈会、班前安全讲话等形式，全面启动了“三面旗帜进班组”党建专项活动，广泛宣传动员，号召全体党员、参建员工、团员青年，立足本职、敢于担责，顽强拼搏、勇当先锋，发挥好模范带头作用。

全线279名党员（包括12名农民工党员）加入党员先锋岗，308名管理骨干和技术工人加入工人先锋号，315名团员青年加入青年突击队。党员统一佩戴党徽，党员先锋岗、工人先锋号、青年突击队成员佩戴袖标，亮出身份、做出表率。

902名成员的照片、姓名、岗位职务和包保责任，被一一公示在项目部、工区、拌和站、预制场和施工班组宿舍等各个生产生活区域，接受大家的监督。

第二项目部四工区党支部书记孙大勇说，群众的眼睛亮堂堂，对“三面旗帜进班组”的人员进行公示，目的就是要时时刻刻提醒大家，不要忘记自己的身份，更不要忘记自己肩上的责任。

杨永宏是第三项目部一工区的班组长，他和妻子王冬香同在一个工区，被大家称为“模范夫妻”。杨永宏说，自从自己的照片被公示以后，他工作起来更起劲了，责任心更强了，要不然对不起“模范夫妻”的称号。

贾京友，第一项目部党工委书记兼常务副经理，“一副担子，两份责任”，身先士卒带队伍，扎根大漠写忠诚，成为京新高速上的又一个“拼命三郎”。他们确保在关键工序、重要岗位都有党员，设立“党员先锋岗”，充分发挥党员带头学习提高、带头争创佳绩、带头服务群众、带头遵纪守法、带头弘扬正气的“五带头”先锋模范作用。

第三项目部二工区、第五项目部实行项目领导班子挂牌负责制，按照施工生产重点，细化分解目标，合理安排施工，责任包保到人，以“日保周、周保旬、旬保月、月保季”，抢抓有利时机，掀起大干高潮，提高工作效率。

第七项目部通过“争先创优、爱岗敬业、勇于创新、甘于奉献”等“比争创”机制，制定考核办法，建立奖罚机制，发挥“党、工、团”的先锋模范作用，真正做到“三面旗帜进班组”党建专项活动对生产管理全过程的全覆盖。

王继河、张成、鞠清锋、白稳超、吕海军，坚持深入桥头、路面、护坡等施工一线，与现场施工人员谈心、交心，了解和掌握他们的思想动态，帮助他们解决工作、生活中的困难，解决施工中的疑难杂症。

“三面旗帜进班组”党建专项活动开展以来，还涌现出了段灵龙、颜小龙、刘玉龙、郑珂、常成亮、李阳、郭建贤、姜贺、刘建、杨世全、贺洪喜、曹福丽、程广立、曹军、郭文虎等认真负责、工作扎实、成绩突出的优秀个人，真正发挥了先锋模范作用。

敢于担责，勇当先锋，这是“三面旗帜进班组”党建专项活动的实践做法。全线共建立责任包保、考评制度38项，项目部和各个施工班组签订《包保责任书》，活动做到了与劳动竞赛、安全质量、创先争优、路地共建、项目文化“五个相结合”，各个班组之间形成了“比、学、赶、帮、超”，学技术、练硬功，争创一流、争当先进的浓烈氛围，带动了全线数千名建设者掀起大干热潮。

领跑业绩，提质增效
“三面旗帜进班组”党建专项活动的现实意义

三面旗帜是引领，进班组是重点和关键，最终要靠业绩来考核。

中铁京新总包部坚持党建带工建、带团建，不断深化项目党建专项活动，加强和推进党建工作上新台阶，把务虚的基层党建活动转化为务实的生产力，使大家看得见、摸得着，有力地推进了京新高速项目的建设步伐。

2016 年 6 月 13 日至 19 日，总包部党工委开展了“‘两学一做’学习教育——今天，我来讲党课”专题党课周活动。总包部党工委书记、总经理孙玉国带头开讲，全线 35 名党工委、党支部书记纷纷走上讲台，面向全体党员讲党课 39 场次、70 余课时。各级党组织已经把开展“三面旗帜进班组”党建专项活动的意义，提升到“两学一做”学习教育的重要实践上来。

第六项目部有三名农民工党员，分别是陈学军、陈学斌和雷志峰。党工委书记柳波把他们找来谈心，建立了流动党员管理台账，成立了协作队伍党支部，把他们每月的工作表现和参加党建活动的情况，以书面形式如实向农民工党员党籍所在地的党支部反馈。此举收效明显，三名农民工党员所在班组加工预制块的数量，由原来的每天 600 块，提高到现在的每天 1200 多块。

第四项目部党员先锋岗的谢宇、甘泽炳，工人先锋号的刘中元、王志红，青年突击队的彭钰杰、史勇勇，一起负责的塔木素布拉格三号中桥以及附属工程提前 5 天完成施工任务，被总包部评为样板工程，兄弟单位还专门前来观摩学习。

第五项目部详细制订了“三面红旗进班组”党建专项活动的总目标和阶段性节点目标。对在活动中完成和超额完成目标任务的，给予 100% 奖励兑

现；对完成 80% ~ 99% 的，按比例依次减少奖励；完成任务不足 80% 的，取消奖励和评先资格。奖惩办法同时针对项目部部门和工区、劳务班组，上下一致，同步推进。

“三面旗帜进班组”党建专项活动，共产党员风采

物供中心将活动融入“情系京新”之“办公用品采购”“亲情通勤班车”“放心菜篮子”“爱心快递服务站”“加满后备厢”五大活动。“亲情通勤班车”累计发车 336 次，安全行车 8 万多千米，运送桶装水 8430 桶、代收邮件（快递）24000 余件。

领跑业绩，提质增效，这是“三面旗帜进班组”党建专项活动的现实意义。2016 年 5 月，中铁京新高速公路项目完成施工产值 10.6 亿元，一举创下该项目开工以来单个施工企业单月施工产值之最，创造了我国乃至亚洲最大单体公路交通工程施工新纪录。2016 年 6 月完成施工产值 10.45 亿元，连续两个月施工产值突破10亿元。其中第七项目部沥青路面6月23日提前79天全线第一家全部完工。

在开展“三面旗帜进班组”党建专项活动期间，内蒙古自治区交通运输厅、阿拉善盟委、阿拉善盟行署及所属各级党委、政府和有关部门，业主、设计、监理单位，中国中铁、中铁投资集团党委等给予了大力支持和帮助。内蒙古自治区交通厅领导，阿拉善盟交通局党委书记、局长阿其图，京新高速临白段（阿拉善盟境内）工程建设管理办公室主任杜子义、副主任林军，第二执行办副主任许敏等领导多次进工地、下班组进行现场指导，对进一步提升活动质量起到了极大的促进作用。

三面旗帜进班组，使基层党建活力倍增；中铁京新铸精品，使文化品牌更强。中国中铁京新总包部党工委把开展丰富多彩、形式多样、内容充实、效果明显的基层党建特色活动，转化为凝心聚力、促进生产、强化管理、提高水平的有效手段和载体，全面提升了京新高速项目党建工作科学化水平。

【后记】

曾记得，8000多名参建员工从全国各地、四面八方跑步进场——集结京新；

曾记得，无水无电无路无信号的无数个日夜，无数人和寂寞做伴、与孤独为伍——鏖战京新；

曾记得，没有热身时间、没有犯错机会，打响“四大战役”战天斗地——汗洒京新；

曾记得，沙漠戈壁党旗红、鏖战京新争先锋，三面旗帜进班组、工匠精神铸精品，“两学一做”当表率、“三走三看”展作为，弘扬焦裕禄精神、雷锋精神，高扬旗帜冲锋陷阵——建功京新；

曾记得，远在南国北疆、东海西域的亲人们翘首以盼、日夜守望、独自坚强——情动京新；

…………

中国中铁京新总包部坚持共建共享，实现“三大承诺”，积极主动参与内蒙古民生工程建设，全力支持阿拉善盟地方经济发展。各级党组织、全体党员团结带领参建人员，思想上同心，目标上同向，行动上同步，充分发扬中国中铁“勇于跨越、追求卓越”的企业精神；大力弘扬“感恩、责任、奉献、卓越”的工作理念；培育和发扬以“勇于挑战的航天精神，重责爱岗的边防精神，甘于奉献的胡杨精神，吃苦耐劳的骆驼精神”为核心内容的“京新精神”；全面展示参建员工以“风沙大干劲更大，气温高斗志更高，缺水不缺精神，少电不少风采”为支撑的主动担当、主动作为、凝心聚力、实心实干的情怀和风采，为京新高速建设激发新动力、凝聚正能量。

“三面旗帜”，在京新高速公路建设进程中引领和传递着无穷无尽的力量。

（撰稿人：陈小军）

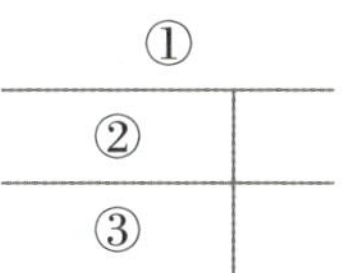

① 总包部召开党建表彰会

② 总包部开展“七一”活动

③ 总包部党员重温入党誓词

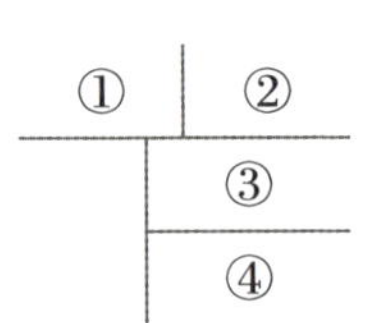
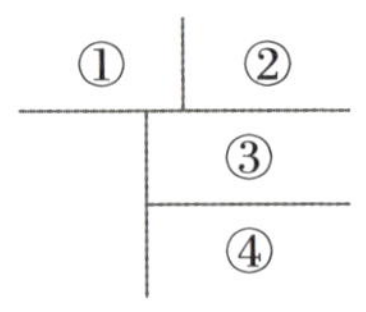

① “检企共建”签约仪式

② 党风廉政建设和反腐败工作专题会

③ 雷锋活动报告会现场

④ “三面旗帜进班组”党建专项活动成员风采

① 总包部召开党建总结会

② 廉洁京新大讲堂

③ 为党员先锋岗、工人先锋号、青年突击队授旗

大漠铸丰碑

——中国中铁京新高速临白段总承包管理部第一项目部（中铁九局）建设纪实

铺展是天路，矗立乃丰碑。

茫茫戈壁荒漠，天高云淡路远。一条穿越近 200 千米戈壁无人区、越过大漠深处的高速公路，将北京与新疆的距离拉近了千余千米，犹如一条耀眼的缎带飘扬在祖国西部，并成为世界上穿越沙漠里程最长的高速公路，这就是北京至新疆乌鲁木齐的京新高速公路。

中铁九局承担着京新高速临白段（阿拉善盟境内）K180+000 至 K198+500，合同总额 8 亿元，线路全长 18.5 千米，沙漠路段比例高达 100%，主要工程内容为路基、桥涵、路面、房建、预埋管线和安全设施。工程于 2015 年 2 月进场施工，具有全线施工难度最大、环境最艰苦、环保要求高等显著特点。

全体参建人员历经两年多的艰辛建设，战严寒、斗酷暑、迎狂风、搏沙尘，在千里无人戈壁滩上书写出了光辉的篇章，出色地完成了京新高速公路

工程建设，在大漠戈壁中铸就了不朽的丰碑。

超前谋划，科学组织谋开局

2015年年初，500余名敢打硬仗、善打胜仗的中铁九局员工，还没来得及品味春节团圆的喜悦，就匆匆告别家人，不远万里来到祖国西部。面对满眼的大漠戈壁，如此恶劣的施工环境极大地阻碍了施工推进。中铁九局京新项目部的所有工作人员不等不靠，主动出击，迎难而上，坚持高起点起步、高标准开局、快节奏推进，扎实做好开局各项工作。

组织各作业队跑步进场。承担施工任务的中铁九局北京分公司、中铁九局六公司迅速调兵遣将，组织精干的施工管理队伍进场。“先头部队”抵达乌力吉苏木后，前期对接、实地考察等工作有序进行。项目部在不到两个月的时间里迅速完成了现场整体布局，2处驻地建设及1个实验室、1个拌和站、2个钢筋加工场地、2个预制厂，全部按标准化要求建成，各路基、桥涵施工队伍已在沿线集结待命。

克服困难做好开工准备。进场伊始，很多人无法适应当地气候，出现了咽喉肿痛、鼻腔流血、头发脱落等水土不服的症状。为迅速打开工作局面，他们顽强地坚持下来，尤其是测量人员，在−20°以下的严寒中，顶着寒风，冒着大雪，深一脚浅一脚地奔波于勘查现场。很长一段时间项目部处于无水无电、无网络信号状态，每天用水都要到60余千米外的乌力吉苏木购买。技术人员在没有电，无法使用电脑设备配合完成工作的情况下，用纸、笔记录着各种数据，绘制各种表格来完成各类数据统计。项目部调度每天往返工地与乌力吉苏木之间，借用乌力吉苏木的网络，及时地向上级及公司领导汇报项目施工进展及驻地建设情况。

抓好施组方案制订。在抓好项目前期各项工作的同时，项目部坚持“方案先行”，并且持续优化施工组织方案。他们通过组织充足劳力，采取了就地取材、缩短运距等施工办法，大大节约了路基填筑的施工时间，为后续工作腾出足够的施工时间。为确保路面沥青施工科学有序，他们加强与设计单位、设备使用单位沟通，熟悉设计文件及使用功能，组织项目部技术骨干力量研究优化施工方案，组织专业队伍进行施工，既保证了施工进度，又提高了施工质量。

精心组织，多措并举保节点

中铁九局负责施工的区段有效施工时间短、工程量大、工作面多、施工战线长、气候恶劣、施工资源极度匮乏。在这种情况下，开工之日即是大干之时。项目部充分考虑实际条件，通过优化施工工艺和工序、合理配置资源等方法，保证了施工进度平稳有序推进。

锁定重大节点目标。项目部根据施工安排，分为了 2016 年 3 月 30 日水稳开始摊铺；2016 年 6 月 10 日完成线路主体工程施工任务；2016 年 6 月 30 日完成路面附属工程施工；2016 年 8 月 10 日全线沥青上面层完工等工期节点。针对工期节点，项目部多次组织召开专题会议，细化方案，合理配备资源，倒排工期，制订详细的施工计划，将各项施工工序紧密安排，确保施工连续性，领工员和监督员严格把控，并与施工队伍签订工期责任状，明确工期和责任。由于五、六月份是该地区的雨季，期间多次降雨，导致沥青下面层不能正常施工，这使得有效施工天数只占总日历天数的三分之一，严重

影响了施工进度。时间就是效益，工期就是信誉，面对时间紧、任务重的建设实际，项目部加大人员、机具设备投入，组织1200多名施工人员、500多台施工机械，不间断作业施工，按照“有效管理、高效运作”的原则，统筹兼顾、科学合理组织施工生产，经过切实加强施工过程管控，工期节点均实现了按期完成，最终于2016年6月10日顺利完成线路主体工程施工任务，并且在总包部的评比中名列前茅。

中铁京新项目部宣誓活动

强化施工作业标准。工程部成立施工标准建设推进小组，结合总包部标准化管理体系和工区实际情况，编制了《技术管理制度》、路面及桥梁施工方面作业指导书、施工技术交底及施工工艺卡片等标准规范，各工点都能参照执行，统一标准化管理。工程技术人员在不断学习新技术、新工艺的同时，根据总包部的领导指示，工程部还成立了QC技术攻关活动小组，活动的开展大大地提高了工程质量，优化了施工方案，节约成本，降低材料的消耗，充分调动了全体技术人员参与企业质量管理的积极性和创造性。

开展劳动竞赛。在大干过程中，为激发参建员工克服戈壁荒漠恶劣的自然环境、打破常规、大干快上的工作热忱，奖励先进，鞭策后进，建立有效的约束机制，为了完成总包部下达的工程节点目标，严格执行“高标准、严要求，高质量、高效率”的要求，项目部结合实际，开展了“大干一百八十天，全力攻坚保节点、保工期”“四比一创”劳动竞赛活动和“安康杯”安全生产专项竞赛活动，明确了奖励标准，确定了工期、安全质量目标。自2016年5月积极开展“大干一百八十天，全力攻坚保节点、保工期”和“四比一创”劳动竞赛活动以来，在全工区掀起了沙漠戈壁滩上战风沙、战酷暑的大干热潮。全体员工在缺水、缺电、生活条件艰苦的环境中勠力拼搏，在中国中铁“京新杯”第三战役中，2016年5月完成产值2815.96万元，2016年6月完成产值2251.25万元，2016年7月完成产值1513.14万元，取得了施工进度、成本控制、安全、质量和环保等各项指标在全线多个参建单位评比中名列前茅的好成绩。

突出重点，安全质量齐达标

项目部始终认真落实安全质量责任制。在项目施工过程中，认真落实各项安全质量措施，在工程建设过程中实现了安全生产零事故，工程质量有序可控。

健全质量保证体系。项目部不断完善质量保证体系，健全了以项目经理领导、项目总工负责、下属各部门和施工作业队的质量保证体系，并细化了各部门和施工作业队的质量责任。在各施工队内部，建立了三检制度，上道工序不合格的不得进行下道工序的施工。项目部对各施工队实行内部监督检查，经检查不合格的工序和分项工程必须推倒重来。制定完善的质量管理制度和奖罚制度。结合项目实际，完善了针对本项目部的质量目标管理、施工技术管理、施工试验检测管理、施工现场管理等一系列管理制度，将质量责任分解到人。签订质量目标和奖罚合同，确定各施工队的进度款由各施工队的总工程量和工程质量综合评定，对施工中不执行规范、盲目施工造成的不合格品或返工的，根据规定进行处罚并通报，处罚在当月工程款中扣除。

源头把关保质量。项目部合理利用资源，降低采购成本，加强对水泥、钢材等物资集中招标的管控，对招标采购的物资范围、招标程序、采购方式、操作细则及管理监督等方面均做了详细的说明和规定。原材料进场后，对品种、规格、数量、出厂合格证、质量证明书或出场检测报告等进行验收核查，并按有关标准的规定取样和复验，做到不合格材料一律不得入场。对现场材料发放制定了严格的发放签字、损坏、丢失赔偿制度。设备部门每月25日对租赁设备进行结算，结算根据现场填写的设备使用签认单进行核算，结算单写明设备名称、设备型号、工作地点及内容等，保证当月设备当月结算，杜绝出现“秋后算账”现象。

加强安全质量培训。项目部加强安全质量管理人员培训，注重对施工一线工人的安全知识教育培训及考核，项目安质部组织安全管理人员对新进场工人进行岗前教育及各施工工种安全质量知识培训50余次，下发各种安全质量技术交底100余份，下发各类安全质量知识考核试卷2000余份，教育考核2000余人次。培训后进行考试，对考试成绩获得前三名的员工进行奖励，对考试不及格者进行点名批评，再由部门负责人亲自进行培训并从公司试题库抽题进行再次考试，直到考试合格为止。通过安全教育培训及考核，让每个工人掌握了本工种的操作规程及安全注意事项，使整体的安全保护意识得到质的提高。

强化过程控制。为加强现场管理，强化过程控制，项目部和架子队均配备了专职的安全质量管理人员，坚持重要部位、关键工序跟班作业，实行以安全质量为主要内容的全过程旁站监控制度，杜绝偷工减料和违章违规操作等行为。项目部组织定期、不定期的专项安全质量监督检查，每月组织安全质量综合检查和评比，进行奖优罚劣，调动全员抓安全质量的积极性。每日安排专职安全员对现场进行两次安全生产巡查，发现并纠正现场安全隐患、违规违章作业问题 105 个，下发安全整改通知书 30 份，累计罚款金额两万余元，之后再对整改情况进行复查，确保工程质量合格率达到 100%。

拼搏奉献，扎根大漠终不悔

京新项目地处沙漠腹地，这里条件恶劣，冬季严寒，夏季酷热，沙尘暴肆虐，是真正的“生命禁区”，项目员工就是在这样艰难的环境下，与天斗、与地战、与严寒拼、与速度比，在无人的戈壁荒漠无怨无悔地奉献着。

两年时间要完成如此浩大的工程，任务极其艰巨。广大员工不仅挑起了重担，而且高效、高质量地完成了施工任务，历时两年的奋战，既检验了队伍，又锻炼了团队。

项目党支部书记兼常务副经理贾京友，身兼双职，既负责日常党务工作，又同时负责行政管理工作，“一副担子，两份责任”。

随着工作的全面展开，2015 年 7 月开始，第一项目部全面进入施工大干阶段。针对工期紧、任务艰巨等严峻形势，为保证节点计划全部完成，贾京友一边与当地政府、牧民建立起和谐的工作关系，一边跑现场。在 30 多摄氏度的高温酷暑中，带领着第一项目部 40 余名工程技术人员和现场 1000

多名员工抢进度，拼产值。在贾京友的带领下，项目部坚持标准化施工、精细化管理，在大家的共同努力下，施工任务超额完成，计划工期提前半个月实现。管段内 8 米预制梁板于 2015 年 9 月 15 日全部预制完成，路基于 2015 年 9 月 20 日全部交验完成，在全线率先完成了路基交验任务，第一项目部于 2015 年 10 月 8 日率先完成总包部年度施工生产任务。贾京友把大部分时间都献给了工程事业，对于自己的小家却无暇照顾。2016 年 4 月 7 日，山西省忻州市原平市发生了 4.1 级地震，看到新闻后贾京友马上意识到自己家的老房子正是处在这个区域，经过打电话询问，闻听家里 80 多岁的老母亲被地震吓得不轻，老人所住的老房子也被这次地震震坏了。贾京友为老母亲的安危担忧，一连念叨好几天想回家看看，但又考虑现场正是工期紧张之时，在母亲最需要他回去的时候他毅然放弃了回家探亲，选择了继续在项目坚守。

总包部第三战役总结会议表彰优秀项目书记

项目部总工王大伟，在工程施工进入冲刺阶段，连续两个月起早贪黑。无论白天黑夜，在施工现场总能看到他带着技术团队测量各种数据，处理各类技术难题。他精心编制一系列实施性施工组织设计，科学制订各项施工方案，合理安排各项工作计划。在施工过程中，严把安全、质量两大难关，科学合理地安排施工员、安全员、质检员等工作人员到施工一线。

二工区项目经理王晓光，本来计划在2015年“五一”小长假好好休息两天，可总包部“四个战役”任务的下达，令他只好把任务艰巨的事实告诉了爱人，得到了爱人的理解与支持。从这一天开始，他只能在电话里向娇妻爱子诉说他的思念。为了工程施工的顺利进行，他平均每天工作18个小时左右，睡眠仅四五个小时，他以身作则，克服疲劳，盯现场，盯安全，盯质量，熬红了双眼，终于安全顺利地超额完成了工作任务，然而，每天10多个小时的劳累，这个“儒雅的工程铁人”累倒了，一连半个月的发烧和“拉肚子”困扰着他，职工将他送到乡村诊所，输了一瓶生理盐水，吃了几片药后他马上重回工地，面对同事们的关心，他说：“这点小病算个啥。”每天他都是第一个到施工现场，最后一个离开施工现场。

项目工管部部长李阳，在负责现场沥青摊铺工作中，既保证了摊铺过程中的质量指标，又延长了道路的使用寿命。在对路面进行摊铺时，运抵现场的沥青温度要达到160℃才符合摊铺标准，要想沥青铺得扎实，就必须保证铺在地上的沥青达到150℃～170℃，这时，他通常会带着大家在大太阳底下“趁热打铁”进行施工。在作业现场，站在100℃以上的施工沥青路面上，一股热浪会迅速从脚底冲上头顶，热气包裹着身体，整个人好像瞬间进入了桑拿房中，刺鼻的沥青味几乎让人不能呼吸，他带领大家忍受着这一切，认真检查每一道工序，确保工程质量达标。

二工区党支部副书记兼工会主席赵玉军，关心员工身心健康。在7、8、9月工地室外地面温度持续高达50℃～60℃的情况下，积极组织为员工送绿豆汤、矿泉水和茶叶等解暑物品，并做好夏季食品卫生和环境的消毒工作。还适时组织大家开展员工文体活动。健全组织，添置设备，在“五一”“中秋”“国庆”等节日积极开展羽毛球、乒乓球、篮球和拔河比赛，活跃职工生活。同时根据职工不同层面的思想实际，不断地做好员工思想工作，有针对性地进行宣传政策、说服教育，提高职工认识，安抚职工情绪，使大家更安心工作。

单丝不成线，独木不成林。正是有着这样一个不畏艰难、乐于吃苦、甘于奉献的集体，才使得施工任务圆满完成。

增强意识，树立环境保护新典范

京新高速阿拉善盟段全线穿越戈壁沙漠无人区，生态环境极其脆弱，数量极少的植被一旦被破坏，恢复起来十分缓慢。为此，项目部始终将保护阿拉善盟脆弱的生态环境放在第一位，提出了“在美丽的阿拉善盟大地上，除了留下一条康庄大道、一段美丽传说和一腔深情厚谊外，不留下一丝来过的痕迹”的环保思想，像保护眼睛一样保护生态环境，像对待生命一样对待生态环境，把行动落实在施工生产的点点滴滴。

坚持“保护与建设并重”理念。项目部始终秉承“保护与建设并重”的理念，在合理有序地开展工程施工的同时，因地制宜，充分利用自然条件，对自然资源的破坏程度做到降至最低。在工程建设的同时，生态恢复治理工作同步进行。工程完工后，生态环境问题得到彻底解决，不留隐患。结合日常工程施工环境管理，建立健全各项管理及水土保持监控制度，水保责任层层分解，责任到人，努力提高施工中的环境管理效能，按工期进度逐步开展各项管理工作，认真剖析存在的问题，落实总体施工水土保持各项要求指标，环境保护取得了较好的成果。

加大宣传保护力度。开工伊始，项目部就向全体建设者发出了《生态环境保护倡议书》，在项目部驻地和施工现场统一设置了36处大型环保宣传标语，联合当地政府部门、业主和监理单位一起开通“环保监督投诉”电话，并在沿线醒目的位置公示，主动接受社会监督。所有的办公区、生活区、工地试验室，各类大型临时设施、现场标志标识牌、水土和环境保护设施，全部进行统一规划建设，严格控制临时用地面积，把地处戈壁沙漠深处的高速公路当作繁华都市的市政工程来施工和管理，在工地现场设立了标准垃圾箱，每天多辆垃圾回收专用车来回穿梭收集沿线垃圾。每月24日定期组织全体建设者开展“清除白色污染、守护一片绿色”专项活动，延伸开展了节水为荣、一水多用、珍惜纸张、种树种草等专项主题活动。

构筑“绿色屏障”。项目部在京新高速施工沿线还专门修建了供羊群、骆驼等动物迁徙的过道桥涵、环保隔离栅栏和大量的野生动物饮水点，对取、弃土场进行了防护措施，增加了防护钢丝网，有效保护了牧民与牲畜的生命财产安全，对不再使用的临时用地及时进行恢复，施工取土前预留地表土的做法还受到了环保部的好评。针对沙漠路段特殊的地质条件，项目部专门设计了填充式的防风沙袋，由一个个一平方米的方格组成，沙袋采用耐寒耐晒的材质进行了独特设计，至少可以保持20年。为了更好地固定公路沿线的流沙，还在沙袋的网格内种植了适用于沙漠地区生长的植被。

党建引领，凝心聚力助生产

项目党支部按照“围绕中心、立足项目、融于管理、务求实效”的工作方针，出台了项目部党建工作制度、党风廉政建设责任制等规章制度，为加强党建思想政治工作提供了保证。以党建领航促生产，始终发挥党组织战斗堡垒作用，为施工生产顺利进行创造了有利的条件。

不断强化党组织建设，增强企业凝聚力。抓好党员干部的学习，更好地规范和约束自己的行为，不断提高党员干部和群众的思想政治觉悟，提高工作开拓创新的积极性；党支部按照党章要求，积极组织全体党员上党课，在支部内部坚持开展“三会一课”制度，以“三会一课”作为党员学习、交流思想、交流感情的平台并取得实效；进一步完善党支部议事决策制度，做到重大事项领导集体研究、会议决定，不断完善政务公开，真正建立起公正、公开、透明、廉洁、有凝聚力、有战斗力的战斗集体；注重思想政治教育，引导党员、干部正确对待人生观、荣辱观，以人为本，树立全心全意为人民服务的思想，明确职责，使支部各项工作的开展更有活力、战斗力。

开展特色活动，增强企业活力。做实做牢做强党群工作，是京新项目劳动竞赛的重要经验和有力法宝。项目部结合实际认真开展了“党员先锋岗”“工人先锋号”“青年突击队”劳动立功竞赛。在活动中，党员先锋岗要求支部党员亮身份、亮职责、亮承诺，做到“四过硬”，即安全生产过硬、工作质量过硬、技术业务过硬、思想作风过硬。工人先锋号要求做到业务熟练，技能出色，在传授技艺、推广先进技术、培养青年技术工人等方面发挥作用，在解决处理安全、质量隐患中挺身而出。青年突击队要求在“小发明、小创造、小改革、小设计、小建议”中起到示范作用，在建设急难险重

开展员工沙漠徒步旅行活动

任务面前争当攻坚克难先锋。项目部根据每个月月底对参赛者工作情况、任务完成情况、安全、质量指标和成本指标进行的考核评分，对“党员先锋岗”“工人先锋号”“青年突击队”的前三名给予不等的奖励，明确奖励标准，激发积极性。5、6、7、8月，项目部完成的产值总额达7959.88万元，路面工程和红古尔玉林服务区及收费站、养护工区主体工程全部完工，安全质量和环保、节点工期、施工进度、成本控制指标都达到了最好的水平。

以生产为中心，积极发挥党员先锋模范作用。项目部深入开展“提质增效党旗红，共产党员当先锋”主题实践活动，成立了由项目党政主要领导任组长，副经理任副组长的主题实践活动领导小组，加强对主题实践活动的组织领导。项目党支部经过反复调查研究，结合实际制订了活动实施方案，针对项目存在的问题确定了5项攻关课题，成立了成本管控攻关小组，制订成本控制计划，下达责任成本指标，制订了量价双控、大宗物资损耗率指标、提高机械设备利用率、完善成本核算制、定期成本分析等措施，最终确保了攻关课题任务的圆满完成。以深化党员“创岗建区”活动为载体，积极推进

“党员先锋岗”和“红旗责任区”的创建工作，将项目总部、公路及附属施工现场、房建施工现场确定为“党员先锋岗”，党员在责任区内做到四达标：安全生产达标、任务质量达标、技术业务达标和班组建设达标。党员干部积极发挥先锋模范作用。“工人先锋号”队长孙龙同志每天带领水稳班组成员冒着沙漠戈壁的强烈风沙，顶着太阳不畏高温酷暑大干在现场上，沙漠强烈的紫外线使得他脸色黝黑，风沙遍布他的全身，他从来不叫苦和累。共产党员梁德峰任后勤队长，由于项目部处于戈壁沙滩，缺水缺电，购买粮食和蔬菜得到 280 千米以外，为了搞好职工生活经常是早出晚归，夜以继日。

打造文化长廊，塑造企业品牌。为了积极响应总包部建设文化长廊的要求，2016 年 6 月初，项目部仅用半个月的时间就在全管段内打造出了能够代表中铁京新品牌的文化长廊，项目部在管段内安插了以安全、环保、党建、路地共建和劳动竞赛等为内容的数十个宣传标语，对全线已完路段进行封闭并设置道路封闭警示牌，对开放路段每隔 3 千米设置一道水马及限速警示标志，在标段始、终点处设置了执勤岗亭，建立通行证和登记制度，严格控制进出施工现场车辆。为了做好文明施工工作，安排专人负责全面清理现场剩余施工材料，做到工完料清，定期组织对驻地、拌和站、施工现场的白色污染物进行清理。施工现场管理人员、协作队伍人员统一佩戴安全帽、反光马甲，安全员认真负责、坚守阵地，打造文化长廊，全面提升了中铁京新项目文化的整体水平和综合实力，在全线起到了示范引领作用，受到了总包部 10 万元的嘉奖。

加强企地共建，提升企业形象。搞好“企地共建”是推进工程建设的前提，也是展示中国中铁良好形象的窗口。自进场以来，项目部多次积极为当地建设作贡献，2016 年 5 月 18 日，在得知阿拉善左旗银根边防派出所急需修建派出所门前便道时，项目部迅速与派出所武警官兵取得联系，当天就派专人驱车 300 多千米，为阿拉善左旗银根边防派出所送去了价值 8 万余元的 200 吨水泥等物资，采取的这些举措受到了当地政府、民众、边防派出所武警官兵等的热烈欢迎，较好地展示了企业形象。

“缺水缺电不缺精神，风大沙大信心更大。”在京新高速内蒙古阿拉善左旗项目的战线上，在千里无人的戈壁荒漠中，中铁九局建设者们用火热的青春和智慧的汗水，建功立业，创造辉煌，为京新高速公路建设翻开了崭新的一页，在阿拉善盟这片神奇而又美丽的土地上写下了浓墨重彩的一笔。

（撰稿人：赵海峰）

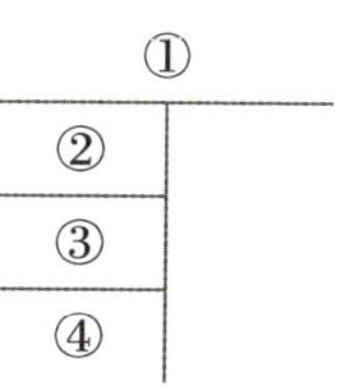

① 中铁投资集团京新高速项目“送清凉”慰问活动

② 安全月宣誓活动

③ 开展道德讲堂

④ 开展“两学一做”学习教育

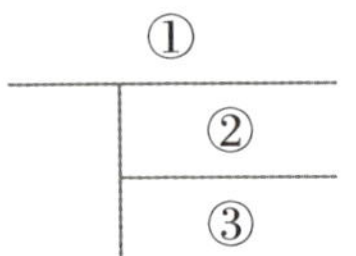

① 中铁京新“七·一”党建活动

② 施工现场

③ 中秋节慰问施工队伍

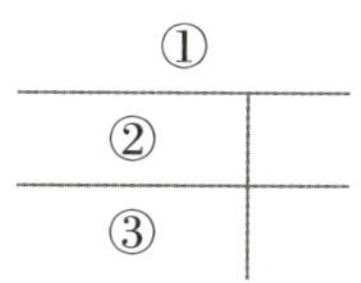

① 中铁京新项目部合影

② 开展台球比赛

③ 开展篮球比赛

大漠深处舞巨龙　建设最美生态路

——中国中铁京新高速临白段总承包管理部第二项目部（中铁三局）建设纪实

茫茫戈壁，京新高速——一条执着地穿越大漠戈壁无人区，使大漠戈壁变坦途的高速公路；一条拉近北京与新疆千余千米距离；一条飘扬在我国古今丝绸之路上的耀眼缎带。

作为全球穿越沙漠戈壁里程最长的高速公路，京新高速是国家交通建设事业飞速发展的典型工程。作为继青藏铁路后又一具有典型艰苦地域特点的代表性工程，它是中铁三局企业施工组织、技术实力和精神风貌的可靠证明。

在神奇而又广袤的苍天圣地阿拉善盟，中铁三局京新高速第二标段的建设者们苦战三年，在千里荒漠排兵布阵，劈砂碎石，在无路、无水、无电、无信号、无人烟的区域挑战诸多“不可能”，胜利完成全部建设任务，并实现一次验收通过，一次工程成优的既定目标，开凿出通往祖国北疆，走向亚欧大陆的新坦途，在茫茫戈壁深处为企业赢得了信誉。

创新模式为施工建设奠定基础

中铁三局承建的管段位于阿拉善左旗境内，主线长度121千米，乌力吉口岸连接线长度62.183千米。工程内容涵盖主线及连接线范围内的路基、路面、桥涵、房建、交安设施等工程以及长度约430千米范围内（中国中铁2标和中国建筑1标管段）的机电及绿化工程。合同总额约35亿元。项目位于沙漠戈壁地带，线路穿过多处地质不良地段，如盐渍土、风积沙、弱膨胀性岩石等。无水、无电、无信号、无人烟，施工条件极其恶劣。阿拉善左旗脆弱的生态环境，需要时刻保持环保高标准。施工时间集中，并且有效时间短，工程量及资源投入巨大。工程包含了高速公路从开工到交付的全部工程内容，交叉结合部位多。

从容背后是艰辛，光彩背后是付出。无论是从管理跨度还是技术难度而言，对建设者们都意味着巨大的挑战。根据项目施工线路长、专业多、工期短、条件差等特点，按照“专业分工，大兵团作战”的总体思路，中铁三局迅速成立指挥部，调集子/分公司的精兵强将组建项目管理机构，负责项目的统一领导指挥，实行“扁平化”管理。为快速适应大标段管理新模式，高标准、高质量地完成建设任务，指挥部大胆创新管理模式，将全线划分为8个工区，安排了6个综合子/分公司负责土建施工，有效地确保了工序衔接有序。其中，安排具有房建和园林绿化资质的建安公司负责房建及绿化工程施工，安排具有公路机电资质的电务公司负责交安和机电工程施工。同时指挥部根据项目管理实际情况编制了工程技术管理制度、工经管理制度、工地试验室管理制度、物资及机械管理制度、项目财务管理制度、办公室管理制度、食堂管理制度、安全管理制度、质量管理制度等多项管理办法和规章制度。对管理目标、工作内容、工作标准、工作程序做出明确规定，落实人员责任，完善考核制度，建立制度体系。将制度汇编成册，认真组织各部门及各工区学习，将制度作为管理的依据，将执行情况纳入考核范围，从而确保实施有规范、操作有程序、过程有控制、结果有考核。

统筹资源为施工建设集成优势

2015 年 1 月初中标后，中铁三局集团公司和下属参建子 / 分公司迅速组织人员进行施工策划。同时，启动项目征地、测量、临建施工。到 1 月底，各工区驻地选址、征地、板房基础和板房搭建基本完成，便道累计修建约 60 千米，控制测量完成。在小型构件场、梁板预制场、混凝土拌和站、水泥稳定碎石拌和站、沥青拌和站等场站策划上，综合考虑运距、水源、工期、工区划分等，本着适度超配的原则，布设场站，确保满足大规模快速施工的需要。

细化施组安排，实现快速施工。本着高起点规划、高标准配置、高质量管理、高效率推进的总体要求，按照总包部“四大战役”劳动竞赛的总体安排，细化施组安排，全面调动各种资源进场快速展开施工。充分考虑气候、季节、交叉施工对工期的影响，分别编制各阶段施工组织设计，结合重点、难点、关键工程进行施工安排，保证足够的设备及人员投入，合理安排施工工序，加强工序质量控制，加快工序转换。通过考核、评比等措施，充分调动各工区积极性。

协调地方政府，解决征拆难题。在项目前期征地过程中，121 千米的主线长度，有约 50 千米因牧民阻挡不能正常进行施工，严重影响了施工进度。项目部一方面同牧民和嘎查做好沟通工作，一方面同业主向盟、旗等地方政府汇报，完善征地相关文件和制度办法。旗政府专门派政协副主席带队的工作组进驻项目所在地阿拉善左旗乌力吉苏木，直接同牧民进行沟通，经过两个多月的努力，征地问题得到了圆满解决。在随后的施工过程中，项目部坚持与牧民多联系、多沟通、多帮助解决困难，始终保持良好关系。由于项目的有效施工期很短，前期的征地影响，给后续的各项施工均带来了不小的压力（本段开工的时候，其他项目部的路基土方填筑已经完成50%）。随着在施工过程中不断调整施组和资源配置，最终圆满完成了施工任务。

水泥稳定土施工现场

合理分配任务，发挥集成优势。本项目包含121千米主线和62千米的连接线，合同总额35亿元，任务量大。中铁三局充分发挥各子/分公司的特长，安排二公司、四公司、五公司、六公司、天津公司和运输公司负责土建施工；安排具有路面施工优势的二公司、五公司、六公司负责全部油面施工；安排房建专业公司建安公司负责全部房建施工；安排交安和机电专业公司电务公司负责全部交安和机电施工；安排测量公司负责控制测量，检测公司负责试验检测。在项目指挥部统一指挥、调度下，充分利用专业特长，利用各专业之间的空余时间，专业分工，交叉施工，动态调整，大兵团作战，保证了项目的施工工期最优，施工成本最优，大幅节约管理成本，充分展示了中铁三局在高速公路项目施工总承包上的集成优势。

桥面系铣刨施工，项目采用统一租用，根据各工区桥面系和油面摊铺的实际进展情况统一调配设备，提升了施工进度，降低了施工成本。

充分利用冬休时间，优选三支架梁队伍（两支汽车起重机架梁，一支架桥机架梁），为各工区统一进行架梁作业，这样既减少了投入，又保证了架梁质量和安全。

水稳、油面施工采用动态监控、动态调整的施工措施。根据各站施工进展情况统筹安排，合理地利用管段的 8 个水稳站、4 个沥青站，十几个作业面的机械设备，对各工作面进行动态跟踪，及时调整施工任务，提高了路面工程的施工效率，节约成本，确保路面工程节点工期。

房建施工充分利用土建施工队伍的机械设备，优先组织完成各服务区、停车区、收费站等场坪施工，基础开挖及回填，使房建施工与线路施工同步展开，同步交付。

高标准组建中心试验室。按照总包部的要求，中铁三局代表中国中铁总包部组建中心试验室。集团公司工程检测中心领导亲自监督，从场地选择到设备配备，从人员选配到人员到位，快速高效地完成了中心试验室的组建。所有设备全部采用新购置的最新型的试验设备，投入资金 300 余万元。在整

个施工期间，中心试验室多次迎接检查，从设备运行状态到工作人员素质，从试验操作过程到内业资料整理，得到了内蒙古交通厅、业主、监理等单位的一致好评。

精细管理为施工建设铸造品质

如何把京新高速建设成一条精品路、品质路，是摆在我们面前最迫切需要解决的问题。面对内蒙古西北部严酷的环境，一望无际的沙漠戈壁。面对困难，中铁三局人没有畏惧、没有退缩，而是大力发扬“逢山开路、遇水架桥”的开拓精神，矢志不移、勇往直前，在实干中总结经验、破解难题，以坚韧的毅力誓将京新高速建设之路进行到底。“施工经验＋技术创新，认真总结＋不断提高”是我们破解难题的钥匙。

实行模块化管理，主辅同步推进。针对本条线路基工程量大，桥涵结构物较少的特点，确定以路面的施工顺序为控制主线，以路基施工为控制重点，采用模块化管理，推动水泥稳定碎石和路基附属同步施工，实现了良好效果。模块化管理就是把路基 2 ～ 3 千米分成一个段落模块。在本段集中资源，迅速完成路基填筑施工（包括桥涵施工），然后迅速启动水泥稳定碎石施工和路基附属施工。施工一段，快速完工一段，逐段推进。这样改变了以往“摊大饼”的施工弊病，有利于各工序同步流水进行，缩短了管理跨度，减少了资源投入，展示了良好形象。

创新工艺工法，提升产品品质。针对缺水干旱现状，原有路基填筑洒水的工艺会造成水分散失过快，取水成本过高、现场停机待料等现象。通过采用新型闷料法施工，大量节约用水，环保经济，收到明显效果。同时对盐泽土路基施工和风积沙路基施工方法进行了技术攻关和总结，形成了企业工法。

针对本工程地区风沙大、气候干燥的特点，对于结构物养生，采用“塑料薄膜 + 透水土工布 + 塑料布”三层覆盖包裹，自动控制滴灌养生的措施，有效地避免了结构物表面水分散失过快造成的表面开裂，确保了混凝土施工质量。

桥涵台背回填质量不好是发生桥头跳车的主因，项目采用分层划线，严格分层填筑的施工措施。在留好每层影像资料，做好每层监督的同时，采用国内领先的高速液压夯进行补强，实现了良好的台背回填效果。

在所有梁板预制场，购置锅炉，自制蒸汽养生大棚，全部采用蒸汽养生。虽然增加部分投入，但是加快模板和台座的周转速度，减少养生的时间和用水量，保证梁板的质量，取得了良好的效果。全面推广使用智能张拉机和智能压浆机，实现了张拉压浆的机械化、智能化、自动化，避免了人为造成的超张拉或欠张拉、注浆压力偏大或不足等质量问题，确保张拉精度和注浆饱和度，有效提高了梁板的预制质量。

在水泥稳定碎石养护方面，通过不断摸索试验，总结出采用两布一膜、土袋压实的方式，具有保温保湿效果好、防风防干能力强、可重复利用等优点。

安全质量为施工建设矗立丰碑

蜿蜒游弋的京新高速，铺展是巨龙，矗立乃丰碑。安全质量是一个企业的生命线，过程安全保证企业的正常施工，质量过硬保证企业的良好口碑。项目高度重视安全质量，对于安全质量，始终保持零容忍的铁腕态度。

水稳摊铺现场

编制作业要点，提高员工素质。为加强安全质量管理，保障项目部安全质量的总体目标，确保项目部安全质量可控、有序地展开。根据项目施工特点，项目部组织编制了《施工安全控制要点》《施工工序作业质量控制要点》手册，分发给管理人员和施工人员并进行培训，加强施工人员的安全质量意识和防范隐患的技能，有效提升项目管理水平和预防安全质量事故的发生能力。

推行“五化”要求，提高工程品质。为了建设一条美丽的生态路，项目按照“五化”（附属工程主体化，房建装修家庭化，黑色路面绿色化，机电安装精细化，交安工程艺术化）要求，认真进行各项策划和管控。严格要求每一处附属工程，彻底改变以往对附属工程的认识。对于房建装修工程，每一个服务区均认真做好几套备选方案，与业主、监理一起认真比选，保证美观、实用、有特色。所有沥青拌和站均采用先进环保的燃烧装置、除尘装置，安全节能环保。对于每一处机电设备，均采用高标准的安装工艺。优化交安工程的设置，做到与环境最大限度地协调。

推行班组长责任制，夯实质量基础。从2016年冬休复工以来，项目全面推行班组长安全质量责任制，共组建了桥面作业班组10个，浆砌附属作业班组19个，路面（运输作业班组、滑模作业班组、摊铺作业班组）15个，机电作业班组4个，交安作业班组1个，共49个。各工区根据现场施工组织需要、作业班组组建情况等因素确定各班组组长人选，以自己职工担任、择优选聘、由分包人授权委托的形式，挑选直接在现场带领工人作业、品行良好、责任心强、具有一定施工管理经验和较强管控能力的人员担任班组长。在水稳和油面的作业安全及质量、附属工程的施工质量等方面均做到了内实外美，取得了良好的效果，并涌现出一批优秀“班组长”，优秀“工匠”。

做好标识标牌，保证行车安全。因为项目的整个施工工程，土方运输、原材料运输、混凝土运输、水稳料和油面料运输等都大量使用机械设备，所以确保施工便道行车安全便是头等大事。为此，项目除了高质量的修筑施工便道外，决定按照等级道路规定，严格规范设置各种交通标识，增加施工方面的各种标识。在所有施工现场，大量采用水马、防撞墩等标准标识。所有机械设备均粘贴反光标识，所有作业人员均穿反光背心。随着全线路面的贯通，大量社会车辆利用各种时机上主线行驶，主线交通安全管控成为管控重点。为确保道路交通安全，项目部在线路上设置执勤岗亭并安排值班人员进行24小时轮换值守，同时邀请当地公安边防派出所警员在乌力吉收费站共同值守，有效阻止和拦截外来车辆驶入主线，降低主线交通安全管控的压力。同时在线路上设置减速水马（每 5 千米一处）、各类限速警示牌、爆闪灯等安全设施，提醒通行的车辆注意安全。每天安排巡逻车对线路交通安全管控情况和道路封闭情况进行巡查，确保了主线交通安全良好可控。在整个施工期间，180 余千米的施工现场未发生一起安全事故。

全面引入第三方单位，分别对“桩基无损检测”“支座检查”“孔道密实度”“箱梁承载力”“沥青用碎石”“沥青配合比”等薄弱环节及时进行检测和管理，确保质量薄弱点处于受控状态。

生态环保与施工建设齐头并进

“生态环境没有替代品，用之不觉，失之难存。在生态环境保护建设上，一定要树立大局观、长远观、整体观，坚持保护优先，坚持节约资源和保护环境的基本国策，像保护眼睛一样保护生态环境，像对待生命一样对待生态环境，推动形成绿色发展方式和生活方式。”这是习近平总书记 2016 年 3 月 10 日参加第十二届全国人大四次会议青海代表团审议时的讲话。

面对习近平总书记的重托，面对阿拉善盟脆弱的生态环境，指挥部始终以“像保护眼睛一样保护生态环境，像对待生命一样对待生态环境”作为环保施工的定位。项目进场就认真策划如何最大限度地保护环境，坚持每月定期开展“清除白色污染，守护一片绿色”垃圾清捡专项活动，确保施工和生活驻地的环境，避免和减少环境污染。同时开展“用四个空矿泉水瓶子换一瓶矿泉水”等活动，进一步减少白色污染，保护生态环境。对施工驻地、场站、取弃土场等临时用地，使用完成后均彻底清除干净，覆盖种植土，并种植梭梭、骆驼刺、沙柳等植物。

绿化施工现场

千年形成的沙漠戈壁滩，生态环境极其脆弱。环境保护与生态建设，必须贯穿道路施工建设的始终。为此，指挥部本着不破坏就是最大的保护的原则，除了施工便道、场站、取弃土场、驻地等临时用地外，其他地方必须得到保护，严禁破坏，并制定了严格的管理和惩罚制度，取得了良好的效果，受到了当地牧民和地方政府的高度赞扬。

文化宣传为施工建设增光添彩

京新高速公路作为亚洲投资最大的单体公路建设项目，是世界上穿越沙漠最长的公路，也是“一带一路”标志性工程，工程施工受到了社会各界极大的关注。中铁三局项目部按照总包部的统一部署，积极开展文化建设和宣传工作，先后多次在中央和地方媒体上宣传报道项目建设情况，全面展示中

国中铁形象。项目部在自标段起点40千米率先基本完工的范围内，建设了“中国中铁文化走廊”，优先全面完善路基路面附属工程，完善交安工程，设置宣传展板、宣传标语，为京新高速公路建设增光添彩，受到了社会各界的一致好评。

中央电视台《新闻联播》、新闻直播间等多个中央和地方媒体滚动报道了京新高速的建设成果。2016年10月28日，CCTV2《经济半小时》以《京新高速：穿越沙漠的巨龙》为题作了长达30分钟的专题报道，全面展示了京新高速全体建设者吃苦耐劳、攻坚克难、奋勇拼搏的时代风采，为项目建设获得社会理解、群众支持、舆论关爱提供了良好的外部氛围，在社会上引起强烈反响，员工也备受鼓舞，京新项目在《厉害了，我的国》大型纪录片中也进行了展示。

基层党建为施工建设凝心聚力

戈壁上炙热的阳光可以烤熟鸡蛋，肆虐的风沙可以吹裂肌肤，无情的暴雪可以把牛羊冻成雕塑。就在这样一个深处戈壁腹地、远离城市灯火的严酷环境里，中铁三局的建设者们一待就是三年，始终坚守着岗位。

头顶烈日照，身披朝暮寒，渴饮苦涩水，饥餐沙粒饭。这是每一位现场施工人员工作、生活的真实写照。艰苦的环境考验着每一个人的意志。没到过这里，就不会真正知道他们的艰苦，就不会懂得他们的牺牲和奉献，就不能领略他们顽强的拼搏精神和昂扬的斗志。指挥部党工委针对不同群体的党员实际情况，教育引领党员无论在任何岗位、任何地方、任何时候、任何情况下都铭记党员身份，大力发扬特别能吃苦、特别能战斗、特别能奉献的优良作风，充分发挥党组织的战斗堡垒和党员的先锋模范作用。通过开展“两学一做”学习教育实践活动，“沙漠戈壁党旗红，鏖战京新争先锋”党建主题活动，“三面旗帜进班组，工匠精神筑精品”主题活动，‘两学一做当表率，提质增效作贡献”主题活动，“弘扬工匠精神，争做工人专家”活动、“诚信敬业道德讲堂”活动，“感动京新”先进事迹、先进集体和优秀个人等主题活动及专题活动，丰富党员的生活，带动全体职工的工作热情，为京新高速公路项目施工保驾护航。项目认真落实党风廉政建设责任制，突出元旦、春节、清明、五一、十一等节假日廉洁自律教育活动，将廉政建设置于广大职工群众的监督之下，确保了党风廉政各项制度的有效落实。邀请丰台区检察院的人讲解树立红线意识，坚守底线思维，提高全体参建人员的廉洁从业意识，防控“干部廉政风险”，为项目部建设营造了良好环境，提供了有力保障。

京新高速上的宣传标语

京新高速公路建设既为集团公司积累了良好的业绩，更锻炼出了一大批具有沙漠戈壁地区施工经验的专业施工队伍。2017 年以来，随着新疆公路市场的陆续中标，京新项目所属的 6 个子 / 分公司（四公司、五公司、六公司、建安公司、运输公司、电务公司）参建队伍均整建制地调到新疆参与公路施工建设。同时，许多参建人员得到了提拔重用，走上了领导岗位。其中，从京新项目提拔副科及以上人员 28 人，经过锻炼走上了部门负责人岗位的有 37 人，新毕业生经过京新的历练成为技术骨干的有 66 人。这为中铁三局在西北地区的滚动经营和发展奠定了良好的基础。

茫茫戈壁万里滩，漫漫黄沙袅袅烟。白天迎风沙、顶烈日，晚上天当被、地为席，勠力同心，战天斗地。中铁三局人以“知行合一，永争第一”的三局精神，在茫茫戈壁大漠上筑路架桥，历时 500 多天的有效施工工期，一条高品质的美丽沙漠巨龙横空出世，犹如一条黑色长龙游弋在茫茫黄沙中。回首往事，充满自豪和幸福；展望未来，充满自信和期待。三局人将不忘初心，拼搏奋斗，在新时代展现新作为，创造更加辉煌的业绩。

（撰稿人：王军海）

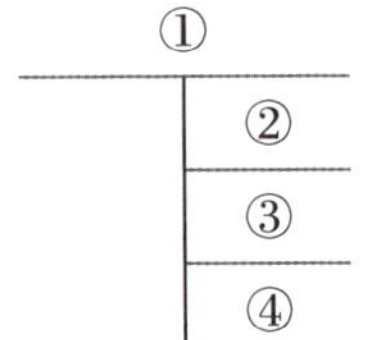

① 临白段沥青路面贯通

② “三面旗帜进班组”授旗仪式

③ 警民联合值守保障京新高速开通前的交通安全

④ 沥青路面摊铺

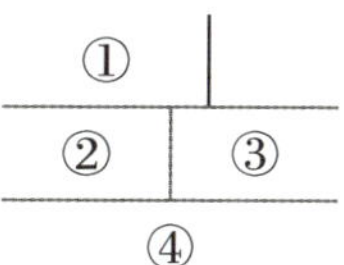

① 互通立交箱梁架设

② 京新高速的桥梁架设

③ 苏宏图大桥箱梁架设

④ 基坑维护

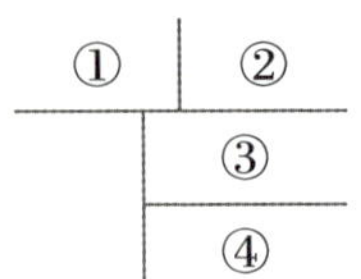

① 施工现场标识牌

② 乌力吉收费站

③ 混凝土搅拌站

④ 工程简介展板

敢驭苍龙越戈壁

——中国中铁京新高速临白段总承包管理部第三项目部（中铁六局）建设纪实

中铁六局承建的京新高速公路临白段标段，工程主线 44 千米，包括路基、路面、交安工程和 49 座桥梁、102 座盖板涵及呼和包斯格服务区等工程，合同总额 12 亿元。工程位于著名的戈壁荒漠——内蒙古阿拉善盟地区。在这个“天上无飞鸟，地上不长草，十里一个人，风吹石头跑，夏天像火烤，冬天像冰窖，一年不下雨，半年沙尘暴”的严酷地区，中铁六局干部职工以火一样的激情，不畏艰险，在沙漠戈壁滩上书写着浓墨重彩的高速公路建设新篇章。

一场挑战极限的战斗

京新高速公路临白段位于内蒙古西部巴彦淖尔市和阿拉善盟境内，线路全长 930.56 千米，是国家高速公路网中的第七条放射线北京至乌鲁木齐的一段，对国家深入实施“一带一路”发展倡议、促进西部地区资源开发和能源转换、在根本上破解阿拉善盟“出行”瓶颈具有重大意义。京新高速公路临白段（阿盟境内）划分为三个土建工程施工标段，中国中铁、中国交建、中国建筑三大国内基建施工企业同台竞技。中铁六局承担光荣使命，加入了征战京新高速建设的行列。

中铁六局承建的 LBAMSG-2 标段，具有工程线路长、工程量大、气候极端恶劣的特点。工程全部位于戈壁沙漠、残山丘陵地带，多处为无人区，部分穿越流动沙丘。当地干旱少雨，年最小降水量 35 毫米，最大蒸发量 4217 毫米；每年 8 级以上大风、沙尘暴、扬沙天气 82 ~ 142 天，夏季地表温度高达五六十摄氏度。因冬季低温不便施工，有效工期短，仅 16 个月。资源需求量大，组织难度高。施工受风沙、风蚀、风害影响严重。在如此恶劣的环境下施工作业，极端考验施工团队的协调组织能力。

使命呼唤担当，奋斗印刻足迹。在这场与困难和压力争雄的工程中，中铁六局派出呼和铁建公司和路桥公司两个强劲的公司参与建设，两家公司迅速行动，选派具有丰富工作经验的项目经理和党工委书记，调集精兵强将组建项目部。中铁六局派出工作组深入现场帮助项目部、协助总包部筹划前期工作，完善建章立制，确保工程的顺利开展。

面对恶劣的施工环境和气候，常规的施工组织计划难以应对超常的施工工期和恶劣的施工环境，必须科学、详尽地完善施工组织计划，把一切可以利用的人力资源、物质资源、社会资源全部挖掘出来，才能胜任此项工程的施工。中铁六局京新项目部通过反复对沿线施工地质情况、气候变化情况、施工组织计划进行研讨，树立了创建“平安工程、优质工程、环保工程、廉洁工程、和谐工程”五大目标，确立了“抓中间（路面）促两头（路基和其他工程）”的整体施工组织思路，以保证路面施工为原则安排附属和路基工程，通过合理组织，优化资源配置，抓住重点、集中优势资源突击瓶颈问题，路基工程分段同步施工，桥涵工程多点同步流水作业。

安装交安标志面板

在认真调研的基础上，项目部制订了详细的施工计划。这份缜密的施工计划不但详细安排了每一个施工队伍每一旬、每一日的工作量，而且还包括了要想完成这个任务各个部门所需要协同合作的要求，比如详细到每一种物资什么时候到现场才不影响现场施工，等等。与计划相配套，项目部还制定了一套详尽的监督、落实、检查制度，保证了计划全方位、不走样的落到实处。如发现个别不落实、不到位的情况及时补救，保证了计划的完整性和执行力。事后证明旬计划、日计划对完成任务、缩短工期起到了至关重要的作用。

为了加快施工进度，项目部开展了劳动竞赛，对各分部明确了节点工期目标，制订细致的施工计划和考核办法。计划细化为旬计划、月计划和总计划，考核分为旬考核、月考核和总考核。要求所有工序实行 24 小时作业制，管服人员要做到随叫随到；项目部对关键工序实行领导带岗制度，并不定期地进行工地巡查，督促落实。对于有工作面而未进行夜间作业的施工队伍按工点处罚，值班技术员、领工员和值班领导均要一同处罚。施工进程中，项目部不断优化人员和资源配置，高峰时投入施工人员 1391 人，大型施工机械 154 台（套），充分满足了施工的需要。在劳动竞赛的带动下，项目部各分部施工进度等始终名列前茅。在项目总包部发起的四大战役施工生产竞赛中，多次获得“优秀项目经理部”“党建文化先进单位”“安全管控先进单位”等荣誉称号。

牢记使命双线创一流

临白段 2 标是股份公司唯一一条同时创建两条示范线的工程。京新总包部要创建股份公司“安全质量管理示范线”和“工程项目精细化管理示范线”，并要开展好精细化管理“比争创”活动。创建好示范线，成为京新高速全体参建者的光荣使命和艰巨任务。

“细节决定成败，小事就是关键”，精细化管理必须从细节入手、从小事抓起、从过程监控，从思想上提高员工对精细化管理的认识，让每位员工参与到精细化管理中来，进一步转变工作观念和工作作风，强化成本意识，结合自身岗位，发挥自身潜能，促进项目精细化管理。中铁六局京新高速公路项目部领导班子针对人员分散、积极性不高等特点，及时进行调研，为了规范项目管理，提高员工工作效率，切实做到制度管人、用人、管权，着力健全各项制度，依靠制度打造执行力，取得了较好的效果。

开工伊始，项目部完成了“创建两个示范线”的组织架构建设及推进计划、实施细则等工作。先后编制了《项目管理总体策划书》等“四个总体”，绘制了“线路总平面图”等“五张图表”，对全标段的线路走向、水电料资源分布及获取方式、工期安排等进行了整体规划和详细部署。结合项目实际，他们制定了工程技术、安全质量环保、工程经济管理、物资管理、设备管理、绩效考核等 9 大类 26 项管理制度、79 个业务流程，组织全体职工进行学习，让全员深刻领会管理文件，更好地服从管理制度，为项目打造执行力提供有力保障。通过推进工程项目精细化管理，使所有员工均能熟悉项目精细化管理系列办法的操作细则、业务流程，并能熟练开展项目精细化管理工作。

要想扎下根来，水源是最大的难题。项目部一班人广开思路，想尽办法，四处撒网，跑遍了附近的苏木、嘎查等地方，找牧民打听寻找水源。最终，既解决了最初路基施工用水问题，还满足了部分工区生活用水，极大地缓解了用水难题。之后，项目部也逐渐在漫长的施工线上探出了几处水源，打出了自己的水井，终于彻底解决了用水难题，项目部的职工不仅可以洗到热水澡，他们还购买了过滤设备，使饮用水的标准更高，水质更好。

成本管控是项目经营的核心理念，项目班子始终把成本管理作为主要任务，所有的工作必须围绕成本管理，把成本管理精细化。加强对劳务队伍管控，项目部对每个部位单价进行详细分析，并且同相邻单位进行对比，建立价格体系表，对劳务队伍全部经过统一招标，通过项目部评标领导小组统一考评，选择信誉度高、资金雄厚、技术力量强的队伍。对进场后的协作队伍，项目部严格落实合同交底制度，从合同条款、清单单价、材料供应、结算支付等方面做详细交底，避免日后发生推诿扯皮现象，有效规避了与协作队伍之间的矛盾与纠纷。同时，项目部加强了常态化的预控成本底数，在人工费、材料费、机械使用费上，坚持“日核算”制度，对外协队伍每天的出工人数进行清点摸排，提前预测出每天出工以及材料、机械使用上的成本及利润，管理机制的运行有效地堵塞了外协队伍在工程结算时重复结算、过量结算的漏洞，使成本得以有

正在进行路面铺设的京新高速公路

效控制。加强物资管控，除供料之外，物资采购全部采取招标，在招标前项目部派出市场调查组，对具体物资进行询价调查，通过性价对比，选择优秀的供应商。同时，项目部对主材全部实行集中堆放、集中管理、集中加工、集中发放的原则，所有主材全部过磅，并在周边安装摄像头监控，二、三项用料使用严格进行审批，从源头进行控制，实现了开源节流。坚持经济活动分析，每月 25 日对现场材料、工程进度进行收方，各部门针对自身分管工作收集基础资料，交计合部门统一汇总，做出经济分析报告，次月 5 日组织召开成本分析例会，会上按照公司成本分析具体细则，对物资、设备、工程进度、办公用品、小车管理、食堂管理、招待费管理、安全质量等多方面进行对照分析，把成本分析精确化、全面化。

小细节也可以体现精细化管理，为此，项目部从“一度电、一吨水”开始做起，将原有的大功率灯泡，全部改成小功率节能灯，走廊灯由 10 米一个，改成 20 米一个，空调线路全部改成专线，定时给予送电。大家全部养成了随手关灯的良好习惯。通过行之有效的成本控制，使精细化管理更加完善，实现向管理要成本，以精细求发展的目标。通过微不足道的细节管控，更加体现了项目精细化管理的整体水平，使精细化管理渗透到每个细节。通过精细的管理制度，充分发挥员工的能动性，着力打造执行力，用制度增强约束力，从而提高项目精细化管理水平。

践行责任大漠树丰碑

京新高速公路是 2017 年内蒙古自治区成立 70 周年的献礼工程，其对打通我国东西重要通道，响应国家“一带一路”的倡议具有重要的意义。

阿拉善盟广大的荒漠和戈壁地区的生态环境极其脆弱，薄薄的一层砂壳，破坏了很难恢复。对工程的安全文明施工要求起点高。为此，项目部自开工之初，就以创建“安全质量示范线”为发力点，与创建“精细化管理示范线”互相支撑，深入推行分级全覆盖安全质量责任制度、班组长安全质量责任制、专职安全员巡查制度、京新高速特色的“安全责任首件负责制”等，分兵把口，落实责任，突出预防，严肃问责，彼此促进，双擎驱动，确保建成安全优质工程。通过积极落实安全生产责任，严格按照高标准、严要求组织施工生产。

在工程质量上，项目部向全体参建员工灌输“质量至上，建戈壁滩景观工程”的质量管理理念，确立“按照鲁班奖标准开展工作”的质量管理总体思路，树立了“工程质量零缺陷”、争创内蒙古“草原杯”和“中国中铁优质工程”的质量管理目标，强力推行“开工必优、一次成优、方案选优、工艺从优、过程创优、罚劣奖优”的“六优”质量工作标准，大力推行“首件工程认可制”。

在盛夏，高温酷暑，炎热难耐。按照当地牧民生活习惯，这期间应该坐在蒙古包喝茶避暑。可是，我们的员工，为了加快施工进度，头顶安全帽、顶着热浪，坚持在施工一线。路基作业填料、摊铺、平整、碾压，桥涵作业钢筋绑扎、模板加固、混凝土浇筑，作业程序有条不紊；人员、机具、施工车辆车水马龙。在钻孔桩施工现场，技术员、施工员不敢懈怠，紧盯钻机，时刻观察孔桩孔径，只怕因为地质情况复杂，随时会出现孤石、大石情况，致使钻机抖动，出现塌孔，造成浪费，几个小时的连续作业下来，大家非常疲惫，但却个个干劲十足。

路基标准化施工

项目部坚持遵循“原材料进场关、使用报验关、过程控制关、产品检测关、合格审批关”的原则，严格按照施工规范、设计标准、标准化施工等环节进行控制，对关键工序进行全程跟踪，形成工程质量闭合管理体系。针对当地环境和工程特点，采用先进的摊铺、碾压设备及先进的施工工艺，实现了 36 厘米水稳底基层一次摊铺成型，保证了水稳底基层的施工质量。改良了施工工艺，通过采用“塑料薄膜 + 透水土工布 + 塑料布”三层覆盖，滴灌养生的措施，确保了混凝土施工质量；采用取土场灌水闷料方式，调整路基填料含水率，保证了路基填筑质量，克服了戈壁滩风沙大、气候干燥的施工难题。为解决气候干旱水分蒸发量大、施工用水困难和确保路基土质填料最佳含水率，项目部在全面推行“取土场提前闷料”施工工艺；在路基填筑中，从层高、填料、密实度进行严格控制；在混凝土浇筑中，从搅拌站配合比、搅拌时间、坍落度、运输、振捣、后期养护等环节进行控制，确保工程质量合格过关。可靠的质量保证换来了建筑行业的认可，项目部所编制的《提高戈壁地区路基施工用水利用率QC成果》获得中国建筑业协会“全国工程建设优秀QC小组二等奖”，《提高低液限粉土路基原地面压实质量QC成果》获得中国施工企业管理协会“全国工程建设优秀质量管理小组三等奖”的可喜成绩。

项目部始终将安全生产作为工作的第一要务，完善制度，并形成“横向到边、纵向到底”的全覆盖管理网络。项目部始终坚持“管生产必须管安全质量的原则”，制定了详细的责任制，项目领导班子成员分片包干，各架子队长为第一责任人，他们的工资与安全质量管理相挂钩，同时，加强员工的职责，层层有责任，形成合力，共同参与安全质量管理。项目部驻地、施工现场以及施工便道等重要地段，按照安全管理标识规定，设置“必须佩戴安全帽”“系好安全带”等安全标识、标牌，制作安全宣传标语；在转弯、岔路口醒目位置设立“限速”等温馨提示标识牌以及安全警示牌；对特殊地段采用警示灯、反光膜、三角旗、围挡等进行警示。认真开展了打非治违、隐患排查、全国安全生产月、春季防风沙培训、消防应急演练等“六整治五落实”专项整治活动，在全线统一配置施工人员上下班接送专用车。

路基、桥涵防护工程是主体工程的“保护神”，中铁六局项目部严格贯彻总包部提出的“附属工程主体化”的要求，现场强力推行防护工程“首样标准制”，多次召开专题会议进行劳务工技术和安全培训，认真讲解防护工程砌体在高寒地区经历冻融循环破坏的原理，以提高施工人员的专业认识。同时严肃执行施工技术交底制度并清晰界定技术员、领工员的现场职责，做到现场的每处作业面的每道工序都有具体人员盯控，确保防护工程安全、优质。开工建设两年多，项目部未发生任何安全、质量事故，实现了零事故目标。2016 年在阿拉善盟工会和业主联合组织开展的以“攻坚克难保贯通，优质高效创精品”为主题的“京新杯”劳动竞赛活动中，项目部获得“质量进度”“安全生产”两项优胜单位称号。

为保护阿拉善盟脆弱的生态环境，项目部向参建员工发出《生态环境保护倡议书》，要求“像保护眼睛一样保护生态环境，像对待生命一样对待生态环境”，并将标语“亮”满全线，当地政府和群众赞赏有加。路线每 800 米建设一个涵洞或立交桥，以便羊群、骆驼等通过。每隔一段时间，就要组织员工进行清捡垃圾活动，为保护阿拉善盟人民赖以生存和发展的家园贡献一份绿色心意。同时，项目部认真制订并落实施工中各个环节的环保措施，最大程度避免和减少施工对环境造成的不良影响，实现道路建设和环境保护的同步协调发展，力争将京新高速建设成为戈壁滩上的绿色工程、环保工程和景观工程。

路面摊铺作业

大漠戈壁处处党旗红

艰苦的施工环境，恶劣的戈壁气候，考验着建设者的耐力与精神。为了保证建设队伍的稳定和建设者的身心健康，项目部党工委坚持“围绕生产抓党建，抓好党建促生产”这个指导思想，在全线开展了“沙漠戈壁党旗红，鏖战京新争先锋”“激扬青春·京新先行”等党建主题活动。充分发挥党组织的战斗堡垒作用和党员的先锋模范作用。发扬中国中铁“勇于跨越、追求卓越”的企业精神，在全线弘扬“感恩、责任、奉献、卓越”的工作理念。立足项目自然条件差、生活环境苦、施工任务重的实际，认真践行以“勇于挑战的航天精神，重责爱岗的边防精神，甘于奉献的胡杨精神，吃苦耐劳的骆驼精神”为核心内容的“京新精神”。

大漠戈壁，风沙肆虐，生活物资极度短缺，长期枯燥的生活给职工的心理健康带来了不利影响。为此，项目部党工委高度重视“幸福之家”建设，积极营造温馨职工小家，凝聚人心、激发干劲。为了让员工住得温馨，项目部建起了加厚、加重、防风、防晒的工区宿舍、文化中心、食堂。文化中心配备了乒乓球案、台球桌等娱乐设施。宿舍区购买安装了节水节电淋浴器、洗衣机，方便职工生活。为了解决物资匮乏的困难，他们开展了“办公用品一站式采购”“亲情通勤班车”“放心菜篮子”“爱心快递服务站”“加满后备厢”五大活动。克服了往返数百千米买卖困难，荤素搭配，饭菜一周不重样，还让职工喝上家乡的小米粥，吃上刀削面和新鲜蔬菜水果。为了解决业余生活枯燥的难题，项目部一班人绞尽脑汁设计了一套精神抚慰的活动和人性关怀的措施，并用满腔的热忱和无限的爱心加以落实。为丰富施工沿线业余生活，项目部尽可能地为员工创造更好的生活条件，项目部积极组织职工

开展各种读书活动，既学习相关的业务知识，也阅读有益身心的读物。项目领导还深入员工中，和大家打成一片，关心职工的生活、学习、感情等方面，倾听职工心声，帮职工排忧解难。项目部还要求部门负责人不定期找本部门人员谈心，及时掌握员工思想动向，帮助员工解决实际困难。项目部除了平常节假日组织活动外，还为过生日的员工准备生日礼物。小小的生日礼物，短短的一句祝福，却给远在他乡的人带来了家一样的温暖与感动。项目部利用一切机会为大家创造相互沟通、交流的机会，一方面联络感情，交流思想达到增进感情的目的；另一方面引导大家进行工作上的沟通与交流，解决工作中存在的问题，达到促进工作的目的。同时，加大人文关怀，精心安排职工带薪休年假。职工家里有婚丧嫁娶、老人生病需要休假，他们都尽量予以满足。期间，在得知一名员工患上了癌症后，项目部号召全体员工献出自己的爱心，进行捐款，在大家的积极行动下，共捐款 12800 元，并由项目负责人亲自将捐款送到了患者手中。在职工劳动保护上，项目部更是做到了

中铁六局京新项目部开展三面红旗进项目活动

细心呵护。项目领导班子对艰苦的生产一线职工，对在极端恶劣的天气下工作的职工，都实行劳动保护特殊政策。因工作需要，为职工配备了作业服、工作服、防寒服、雪地靴、防晒服、遮阳帽、特殊手套等十八般装备。这样做既保护了职工的身心健康，又保证了施工生产的安全和质量，可以说是一举两得。

京新高速项目生活环境异常艰苦，广大员工以顽强的意志践行了“勇于跨越，追求卓越”的中铁精神，涌现出一大批优秀人物和先进事迹。

试验室主任贺洪喜素有“铁包公”的美誉。他严格执行检验制度，对试验工作精益求精，坚持每天取样试验，不论天气，不分早晚，发现不合格产品，立即要求整改，决不让残次品从他手中通过。在对路基、地基进行土质检测时，哪里土质松软需要换填，哪里土质合格需要回填，贺洪喜都一一做好记录，进行试验检测，数据存档，为领导决策提供依据。股份公司总包部对第三项目部试验室给出了很高的评价，称“第三项目部试验室是全线最

三面旗帜下班组

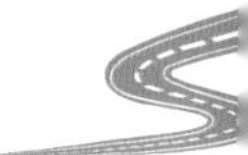

早、最快、设备安装最好的第一试验室”。

有这样三对夫妻成为佳话。

丈夫在工区，妻子在项目部，相距不过二十里，却不常见面。技术员郝上文刚结婚半年，便与妻子王淑婷加入到了京新高速公路的建设队伍中，丈夫白天顶着烈日风沙在工地测量放线，下班还要在办公室整理测量数据和作业资料，每天工作十几个小时，到了晚上也只能用发短信的方式表达对妻子的关心。妻子王淑婷却从不计较，安心扑在安质部的资料上，整理、建账、归档，紧张而又忙碌。

第二对夫妇是技术员谢成波和卢立婷，2016 年 3 月结婚，4 月小夫妻俩就奔赴京新工地来参加战斗。谢成波为了一个数据，要爬山穿越沙漠，几天下来就可能磨破一双鞋，往往测量一天回来，就成了一个“土人”，根本无暇顾及新婚妻子。妻子在项目部物机部负责机械设备管理，各项机械设备台账的整理，特殊机械操作证登记、管理、运转记录等台账的建立，同样没有时间与丈夫见面。但是两对小夫妻感情却是极好，他们让往来工区和项目部的车辆捎去一些小礼物，通过短信相互鼓励和支持，在员工当中传为美谈。

第三对夫妻直接把婚礼办在了驻地，新郎夏兴辉是项目部工程副部长，新娘董参参为财务部长。他们在工作中互相学习、比翼齐飞，都是项目部的业务骨干，共同的理想和追求使他们相亲相爱。为了不影响施工进度，他们决定放弃婚假，把婚礼办在施工驻地。2017 年 3 月 8 日，项目部为他们举办了一场简单而又温馨的婚礼，虽然这场婚礼没有豪华的酒店，没有伴郎、伴娘，但有同事们的见证，同样不缺少祝福。

一支由 20 岁出头的小伙子组成的测量队，他们的团队往往人数不多，却是当之无愧的工程“天眼”。他们利用开饭的时间，在施工班组中间，征询工友们对测量工作的意见和建议，并根据一线施工需要，吃住在现场，避免往来奔波浪费时间。在最紧张的日子里，他们白天要做好现场施工的测量工作，晚上还要查资料、计算数据，做好测量日志。并且，他们把从前高铁施工测量的精准习惯坚持运用在精度要求低一级的高速公路施工中，这等于数倍地加重了自己的工作量，但也换来了施工品质的成倍提升。采用这种方案，他们根本没有固定的休息时间，就连在现场找块平地躺一会，也会随时因工作被叫醒。但他们的无数个不眠夜却换来了每一段路基和每一座桥涵测量无误、定位精准、万无一失，他们以无声的行动履行着自己的承诺。

“风沙大干劲更大，气温高斗志更高，缺水不缺精神，少电不少风采”，这是京新高速公路建设者最恢宏的交响乐，是中铁六局建设者热血与激情毫无保留的绽放。如今，京新高速宛如一条雄健的苍龙横亘在戈壁荒漠腹地上，为荒凉的无人区带来了蓬勃生机，中铁六局人用自己的双手在为“一带一路”的宏伟蓝图勾勒经纬，挥毫着色。

（撰稿人：王兵华　胡小贝　王鹏浩　张　成　郭志强）

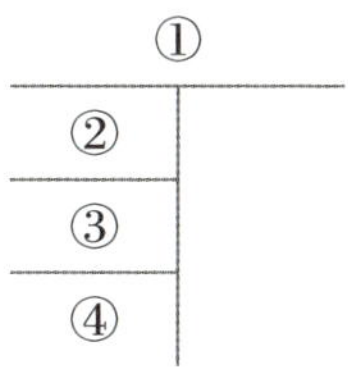

① "激扬青春，京新先行"活动

② "三面旗帜进班组"活动

③ 测量队现场作业

④ 道德讲堂启动仪式

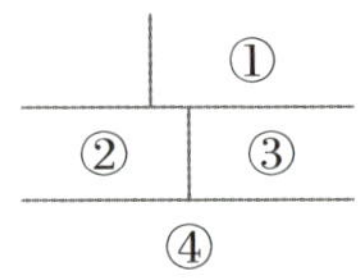

① 开展“感恩·责任·奉献·卓越”活动

② 开展人文关怀，给员工做体检

③ 学唱中国中铁司歌《开路先锋》

④ 开展“五四”青年节青工技能竞赛活动

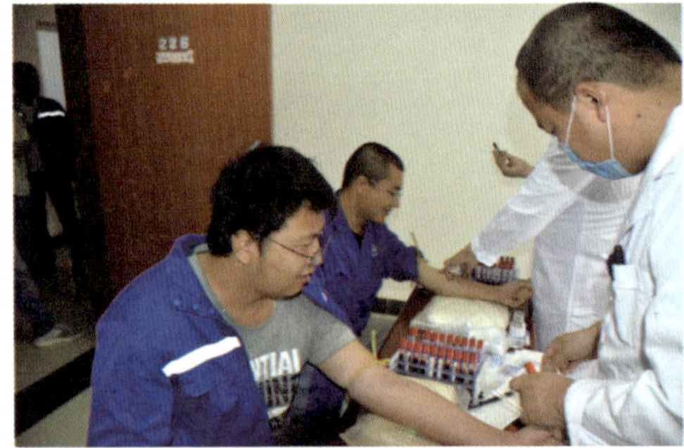

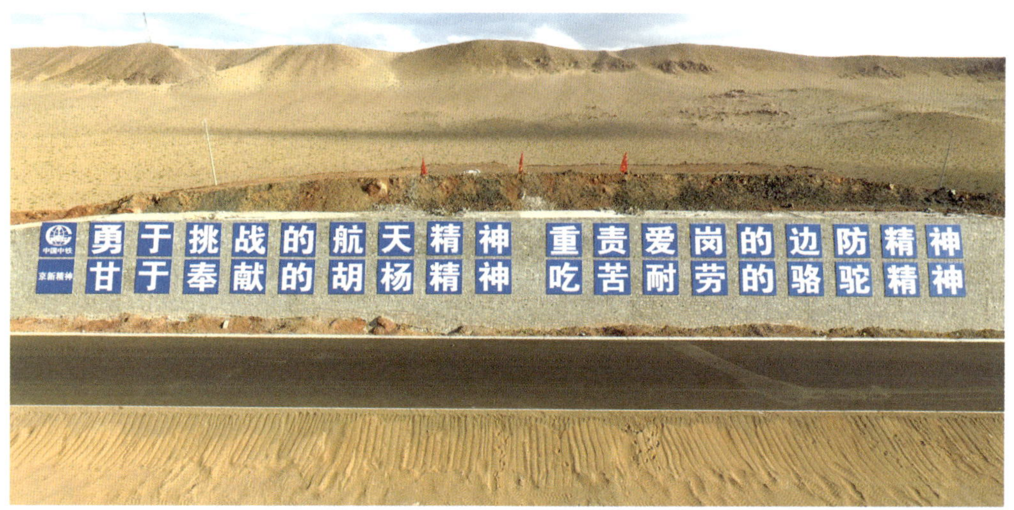

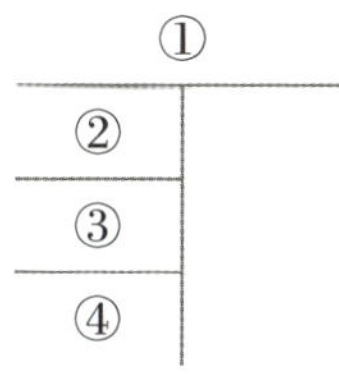

① 京新精神

② 航拍京新高速公路

③ 路面施工

④ 沥青摊铺作业

千里丝路　筑梦京新

——中国中铁京新高速临白段总承包管理部第四项目部（中铁二局）建设纪实

中铁二局京新高速项目部位于内蒙古阿拉善右旗境内，巴丹吉林大沙漠边缘，全长42.5千米，整个工程包含线下路基及路面工程，盖板涵洞81座，通道6座，中桥12座。该工程于2017年7月15日实现竣工通车。该工程地处戈壁深处，大风与沙尘暴天气频发，冬寒夏热，气候条件极其恶劣。项目部广大员工克服各种困难，发扬高昂斗志，苦干大干，在各项施工进度及管理上均取得突出成绩。

苦，团结互助见精神

京新高速是国家西部大开发的重要交通要道，而临白段沿古丝绸之路横贯巴丹吉林、腾格里、乌兰布三大沙漠全境，是世界上穿越沙漠最长的高速公路，也是国家“一带一路”建设重点工程。中铁二局承建京新项目管段地处戈壁深处的无人区，为中铁全线的中段，这里的苦，苦得令人难以想象。管段两端都不靠城镇，距最近县城 200 千米。这就意味着在这里大家看个病、理个发都是奢望，连喝口干净的水都有困难，更别说“都市”生活。“这里极热极冷，夏季地面温度 50 多摄氏度，有没吃饭的员工带个鸡蛋上工地埋在沙里，一会就可以吃了”。除此之外，沙尘暴天气频发，让整个项目都处于“黄色恐怖”之中。干旱无水、草木难生是这里环境艰苦的又一体现，恶劣的环境让大家常年只能见到骆驼，牛羊都不好活。常年在戈壁滩施工，让大家知道了水的金贵，在项目部“半盆水，洗脸用了洗澡、洗澡用了洗脚、洗脚用了还要洗厕所”。艰难程度可想而知。2015 年建设初期，荒芜的千里戈壁滩上，项目部手里所拥有的，只有一张临建图纸和随风刮起的漫天黄沙。那时吃的只有从几百千米外运来的易存储的土豆、白菜，喝的就是从牧民井里打来的浑浊的盐碱水，不但出水量小，而且打出来的水被大家称为“骆驼味盐水”，每天最痛苦的时候就是喝水和早晚刷牙了，那种奇怪的味道让大家终生难忘。三十几个人挤在牧民的三间临时板房里睡觉，白天要在工地抢工驻地和便道建设，一走就是十几千米，晚上回来一脱鞋子，满屋子都弥漫着脚臭的味道，想洗脚又找不到水，睡觉的时候，大家都是蒙着被子的，说是为了保暖，但都知道，是被屋里的味道熏得受不了。靠着恶劣环境与“向天斗”的这种精神，项目部平沙去土、填沙铺路、安摊建点，在漫天黄沙中，披星戴月，仅用了 28 天的时间就在这千里戈壁的深处，建起了一座设施完备、占地 1.8 万平方米的项目驻地，实现了全线第一家施工便道贯通通车。

在满是黄沙的施工现场，每天能洗一个热水澡一直都是大家的愿望，而这却难以实现。因为风沙大，发电机经常因进沙子导致电压不稳，买回来的热水器也接不到可靠的固定水源，项目领导看着员工实在心疼，就安排大家

10 天一次轮流到额济纳旗洗澡。可来回 400 千米只为洗个澡，却也成了项目部“违反精细化管理”的趣闻，但项目部却认为，为了员工，就算挨了“处分”也值。

在京新建设的时间里，大家感触最深的就是京新的精神，电可断、水可少，精神不能缺。精神，看似虚无缥缈，但在物资贫乏的地方，唯有以坚韧不拔的精神作支撑，才能坚持下去。在建设过程中，项目部的全体员工发扬“勇

员工克服戈壁风沙建设京新高速公路

于挑战的航天精神，爱岗重责的边防精神，甘于奉献的胡杨精神，吃苦耐劳的骆驼精神”，苦干大干，在恶劣的施工条件下，挥洒着成倍的汗水，用顽强的意志和超常人的斗志，把中铁京新人对沿线人民的厚爱和对自治区的庄严承诺洒在了这荒芜的千里戈壁滩上。

在只有短短 19 个月的有效施工期中，项目部要完成线路全长 42.5 千米的路基施工任务，包括 81 座涵洞、12 座中桥、6 座通道。也许，对于内地的同行来说，这些工程任务算不了什么，既不是什么高难度的技术工程也不是什么高精尖项目。但是，这对于身处千里戈壁深处，全年 8 级以上大风、扬沙、沙尘暴天气 142 天，最小年降水量只有 35 毫米的中铁京新人来说，要保质保量确保工程任务的完成却实非易事。

在京新高速建设的日日夜夜，项目部员工克服“烈日当空，漫卷黄沙”的天气。有时，晴日当空，转眼就漫天黄沙，稍有不慎就会被狂风掀翻、刮走。就是在这种条件下，项目部员工每天坚持在黄沙中跑遍管段各处工地，像充满电的马达，不知疲倦地忙碌，一忙就是一天。就是靠着这种和平时期非常时刻的“亮剑”精神，这种勇气和干劲，项目部在路基施工、桥涵和路面工程上创造了一个又一个京新高速的建设奇迹。项目部第一家实现全线施工便道贯通使用；第一家实现全线路基与路面工序施工转换一次性完成；第一家实现路面底基层摊铺；第一家实现全线箱梁、板梁预制完成；第一家实现桥梁架梁工程全部完成；第一家实现全线无缺口贯通。现场井然有序的施工组织，以人为本的团队情谊，目标一致下冲天的干劲与士气，造就了项目部这支“能打硬仗的队伍”，在令人生畏的自然条件和错综复杂的施工环境中，项目部以京新高速建设高度的政治责任感和荣誉感，在荒芜的千里戈壁深处竖起了“开路先锋”的大旗。

美，戈壁深处舒画卷

2016年5月31日，中铁二局京新项目部获中国中铁京新总包部样板工程专项奖励50万元。2016年4月25日，内蒙古自治区交通厅在项目检查时认为项目部承建的“塔木素布拉格3号中桥及附属工程是全线样板工程里的亮点工程”，要求参建的中交、中建等其他央企务必到现场实地参观学习，而中铁京新总包部也将3号中桥选为2016年全线安全月宣誓暨班组长安全质量责任制启动仪式的唯一会场，组织全线19家三级单位参观学习。

以标准化为契机，以建设“精细化管理示范线”和“安全质量示范线”为抓手，项目部狠抓样板工程建设，既是项目部始终领跑全线的一大法宝，也是项目主体工程一直保持领先的重要保证。工区经理邱康敏曾说，他到任后去向业主报到，业主领导故意“爱理不理”的反应让他感觉如果再不改变，项目只能将“楚歌”唱到最后。改变，给业主拍了胸脯，但是该从哪里开始改变?

工区领导开始了反复的现场调查和开会研究。在一次上工地的途中，由于便道太差，邱康敏等人被颠得“头昏眼花”，看着身后尘土飞扬的便道，他们突然有了灵感。

“何不就从便道入手?”业主检查工地，都要从便道经过，修一条好的便道，不仅能很直观地改变形象，也能向业主传递“项目在努力改变”“便道都可以修得那么好、主体工程必然会修得更好”的信息。

对此，工区专门对便道进行“美容”。一是对便道进行拓宽平整，二是美化沿途的标识标牌，同时，租赁固定洒水车对便道洒水降尘。一星期后，一条平直的便道重修一新，其平整度可以达到准高速的水准，受到业主的好评。从此之后，业主路过项目便道处再也不绕道省道通行了，甚至很多时候本来从省道过时都会专门绕道便道上来跑一段。

便道一枪打响，在后续施工中，项目部一直将标准化建设作为重点工作来抓，将这一理念在打造样板工地中一以贯之地落实。项目部制订了详细的标准化建设方案，确立了创建样板工地的工点，每个作业面都制作了统一的标识标牌，工艺上对现场进行严格监控，确保施工全过程的标准化作业，材料堆码制定严格标准整齐码放。

阿拉善盟京新建管办相关领导到项目检查时认为项目部“是真正意义上工完料清的项目，是真正意义上安全文明施工的标准化工地”，要求其他标段前来参观学习。

除了对整体上的标准化、高要求，项目部也重视每个细节的控制。在路基施工时，项目部常务经理李宏要求，路基施工无论站在管段哪个位置，顺手所指的两边所有的临时护坡都要做得如纸一般平整。他认为，“工程施工，就是临时的东西，项目也要上心，只要业主在现场眼睛能够看到的每一个地方，都有可能成为项目加减印象分的一处标尺”。

正是对标准化施工的重视，项目形象得到迅速转变。2015 年，项目部的一千米路基和一个涵洞双双成为中铁全线样板工程，这也是全线唯一一家有两个样板工点的参建单位。

工地美了，环保也要出成绩。项目部认为：坚决不能把项目的美观建立在破坏环境的基础上，必须实现双赢。

正是如此，项目部将环保放在了突出位置。在施工中，虽然水比油贵，但是项目坚持对便道、路基等进行洒水降尘。项目部总经济师就表示：“项目光用水就要花数千万,一百多千米的运距，每用一方都是钱，都心痛，但是基于环保出发，洒水这笔钱我们必须得花。”而且项目将每月的 25 号定为全线环境保护日，要求全体员工深入施工一线收整垃圾，并进行集中处理。所有的标牌、旗帜条幅等室外使用的东西，全部进行稳固增强，并随时检查修理，并在 2017 年 7 月通车前，又安排专人专车将全部标牌、旗帜清理完毕，做到除了留下一条笔直的康庄大道，不留下一丝来过的痕迹。有了这样的决心，项目部也从细节入手，多次召开专题会议，研究环保方案，严肃要求员工禁止乱丢乱扔，白色垃圾必须带回驻地，鼓励员工收集废旧瓶子来内部处理，既环保又创收。同时，对于工程建设中产生的十几个取弃土场，项目部坚持边施工、边恢复、边验收的原则，由项目书记亲自来抓，保证恢复效果与原地貌无差别，无隐患，工程结束时，再还阿拉善盟一个美丽的戈壁滩。

谋，定而后动克难关

说起项目建设中的难题，资源配置绝对是核心难题之一。在这样一个洗澡都困难的“无人区”，谋定资源配置之难可想而知。

工程施工所需碎石量巨大，设计的取土场为盐渍土，压实性差，石料严重不足，同时项目地处戈壁深处，生态环境脆弱，植被一旦破坏，很难恢复，就地取材困难。为此，项目部一边对设计取土场的土进行分析和试验，确定可用的填料，并研究填料含水率，对含水率不达标的填料进行“闷料”；一边组织挖机队在不影响生态的前提下寻找填料，项目部专门租来轮式挖掘机提高行进效率。

项目承建的路基、桥涵工程在全线率先实现无缺口贯通

闷料需要大量的水，因此施工用水难题自然而然摆上了台面。其实闷料用水只是一个方面，没有水，施工生产寸步难行。

“计划是10月通水”，项目书记鞠清锋笑着说：“大家都看得到，我们主体施工基本结束了水还没通，如果当初不主动作为，结果可想而知。”项目部组建以李宏为领队的供水管理小组，其他主要员工也自发参与了进来。通过走访牧民，找了10来处水源地，最远的天鹅湖距驻地167千米。为了保证现场闷料和施工有源源不断的用水保证，项目部在全线42.5千米范围内，修建32个蓄水池，24小时源源不断地从取水地拉水。

为了控制成本，项目部安排司机实测运距，并综合分析各水源地用水的单价，确定主取水地。同时，将汽车运费和水价捆绑，确立合理价格，降低成本控制风险。安排三名管水专员，对每一车到现场的水实行司机、管水专员、领工员三方签字验收。

用电也是一个难题，到2015年11月主体工程进入尾声，管段内都还有一部分地段未通电。在这之前，施工现场无大电可以连接使用，地方大电进场时间一直不明确。为了保证施工和生活用电，项目部全部采用自发电，先后采购、租赁和调配 400 千瓦发电机 1 台、200 千瓦发电机 4 台、30 千瓦及以下的小型发电机 30 余台。

为了做好设备保养，控制成本，实行“谁使用、谁负责”的制度。发电机所需的油统一由项目部解决，机电部造表签认。发电机分别交给施工队伍负责保养，如果因保养不善损坏，施工队将负责修理费用。

路面施工中，恶劣的自然条件给项目部提出了严峻考验。风沙多，温差大，蒸发大，如何防止水稳材料、沥青混凝土的开裂？如何做好施工成品的养护？一个个问题摆在了项目管理者面前。水资源匮乏，且水的蒸发速度快，如果采用常规的土工布覆盖洒水保湿的方式进行养护，耗水量将十分巨大，项目原本考虑采用洒水后覆盖塑料薄膜的方式进行养护，在试验段试验后发现，持续的风沙仅用薄膜覆盖强度不够，项目部多方商议，最终提出了采用“两布一膜”加装土工布覆盖的方法，并根据现场实际情况，将沙袋养护变更为水袋养护。

2015 年 9 月 10 日，在项目部提出用乳化沥青养护取代土压布养护的时候，收到了来自各方面的反对的声音。拿出 200 米的试验段来检测此项方案的可行性，结果证明，乳化沥青养护不仅可以杜绝磨损、老化、裂缝、松散等问题，起到防水、防滑、平整、耐磨的作用，同时按照每天养护 1.2 千米路面计算，较之土压布，可以减少 20 多个人工投入和机械租赁及土工布转运费用，平均每千米可以实现成本结余 4000 余元。

京新临白高速地处干旱少雨，风大沙多，冬寒夏热，大风与沙尘暴、干旱、霜冻、寒潮等气象灾害频发的地区，气候条件恶劣，这也对路面沥青施工提出了更高的要求。项目部组成试验技术攻关小组，先后攻克改性沥青、优化配合比等技术难关。在试验过程中，项目部发现新疆独山子 T6302

型SBS改性剂等原材料与辽河基质沥青相容性较差，导致SBS改性沥青的检测指标不合格。为此，技术攻关小组将SBS改性沥青纳入课题进行研究，通过增加改性剂参量，对SBS改性沥青进行改良、优化，结合反复的试验，终于找到合适的SBS改进剂参量指标，使得各项试验检测数据全部合格，并在京新高速全线推广。

项目管段全长40多千米（分离式路基左、右线共80多千米)、每10米就要布3个点桩，管段长、工期紧、任务重，后续的水稳层、沥青及路面摊铺等交叉工序间，共需进行5层放点作业，测量工作量大。项目部测量团队创新应用GSP软件，高效完成各种测量控制网（GPS网、平面边角网含CPIII网、水准网）数据处理，完成数据质量检查、平差、复测比较分析、自由网、网图显绘、报表及坐标转换、坐标参数变换等工作，有效杜绝人工计算出错的弊病之余，工作效率提高了一倍。

谋定而后动，水、电、填料和技术等难题的一一化解，为项目大干、快上打下了基础。

快，绝地反击显真功

路基和桥涵是项目施工生产的两大板块。施工建设中“路基出产值，结构物出形象”，要加快工程建设，保证路基施工进度自然是一大重点。而“形象”也不可不抓，这既是对外展现蜕变的重点，也是产值的重要组成部分。

为加快施工进度和工程质量，“在路基施工中，项目部推翻传统组织模式，结合班组多的实际，改变作业顺序，所有路基拉通清表”。

在台背回填时，为了加快进度，项目部使用了液压强夯机。传统的工艺是15厘米填一层，15厘米压一次，而使用液压强夯机，可以达到30厘米填一层，60厘米压一次，极大地加快了进度，使项目部成为全线第一家完成涵洞台背回填的项目部，被业主在全线推广。

在路面底基层施工中，因养护困难影响质量和进度，工区总工蒋林带队开展科技攻关，采用水管及沙袋结合的方法，解决了技术难题，促进了路面底基层的施工进度和质量控制，得到业主及质检站的一致认可。

涵洞墙身混凝土结构施工采用大块定型钢模固定，加快了施工进度。通过控制混凝土浇筑过程中的分层厚度及捣鼓时间，保证了结构质量。在桥涵养护上，由于当地风沙极大，土工布包不实会导致混凝土开裂。针对这一难题，项目部改变施工工艺，在养护土工布外面再加裹塑料薄膜，并用绳子系紧。同时，结构顶上放置水桶，接一根滴管到养护面，滴管上开一排出水点，24小时不停滴漏，确保养护效果。

梁片预制一度是决定项目进度的重要因素。2015年5月，176片箱梁，60片空心板梁的预制还没开始。总包部领导认为项目部年内不可能完成预制，建议项目部去邻标买15片梁片。

“耻辱！如果项目部真的沦落到买梁片，这简直是公司的耻辱！”工区副经理李宏说。项目部暗暗较劲，在接下来的4个月关键工期里，必须要将这个完不成的任务完成。

为此，项目部召开专门会议，优化木工配置，增加3个台座，加装大灯，实行24小时轮岗作业。为了缩短养护周期，项目部斥资10余万元制作了蒸汽养护棚，对梁片采用蒸汽养护，将之前7天的养护时间缩短至3天。采用智能张拉设备，缩短张拉时间，提高张拉质量。针对箱梁预制施工中钢筋间距和保护层厚度难以控制的难题，采用定形胎模进行钢筋绑扎，采用圆

形混凝土块进行保护层厚度控制，取得了良好的控制效果。项目部制梁速度实现从最初的一天 1 片梁片，到两天 3 片，再到一天 2 片，高峰时达到一天 3 片梁片，箱梁和空心板梁预制的压力逐步释放。9 月 25 日，项目部胜利完成预制任务，比原计划提前了 20 天。

项目部强化对现场的服务，坚持领导现场带班制度，实行技术人员现场蹲点帮扶，在全线 4 个路基段里，每段配置 3 个技术员一直跟在现场。完善奖惩机制，提高班组的积极性。

通过良好的管控，项目部施工生产高效推进。2015 年 8 月 8 日，完成路面基层试验段施工；8 月 20 日，完成所有桩基施工；9 月 21 日，所有涵洞工程完工；9 月 23 日，桥墩施工结束；9 月 25 日，所有梁片预制完成；10 月 8 日，完成 300 米沥青下面层试验段施工；10 月 19 日，所有路基交验；2016 年 10 月 15 日，完成附属工程，达到竣工条件；2017 年 7 月 15 日全线实现通车运行……

有了工期的保证，项目部的工作也得到了业主的一致认可，在中国中铁京新总包部开展的涵盖 7 个分部 19 个处级单位的“第一战役”和“第二战役”劳动竞赛中，项目部分别获得第三名和第二名的成绩。在 2015 年至 2016 年的“冬春战役”里，再获得第二名的佳绩。在业主执行办组织的月度综合评比中，项目部获得三次第一，一次第二，一次第三的优异成绩。

劲，党员旗帜亮京新

京新项目开工伊始，中铁二局就迅速同步成立了项目党组织，但如何在艰苦施工的条件下发挥党建先锋模范作用，就成为项目党建工作的首要问

中铁京新高速第四项目部驻地所在的茫茫戈壁滩

题，经过对比分析，项目部及时开展了“三面旗帜进班组”和“沙漠戈壁党旗红，鏖战京新争先锋”党建主题活动，开展启动仪式。先后在工地和办公区设立16个党员先锋岗，4个工人先锋号，4个青年突击队，在12个固定作业面，4个流动作业面树立活动旗帜，做到每项活动有主题，每名员工有责任。明确分工，鼓舞士气，提高执行力。在党建主题活动开展中，项目部紧抓路基大干、桥涵施工向路面施工转换、路面施工要在2017年7月实现全线通车的特点，连续在项目开展党员技能比武，青年岗位练兵和职工安全随手拍活动，通过特色活动的强势开展，增进项目员工在工作中的自豪感和责任感，为项目工作快速突进凝聚力量。

工区经理何彬率先垂范，时刻关注着项目进度、工程质量、施工安全，他深知项目施工生产任务艰巨，重点解决人、机、料方面的短板问题，超前安排部署施工准备，迅速掀起了“大战60天保水稳摊铺”的施工高潮；及

时增设混凝土站，将资源短缺的问题解决在萌芽状态；加强现场管控，带头实行项目班子24小时带班制，与作业工人在现场同吃同住，第一时间解决施工现场的各种突发问题，确保节点工期按时兑现。2016年6月25日，水稳层摊铺提前15天全部完成；7月31日，沥青层摊铺提前40天全线铺通。

工区书记王方，在施工保障方面卓有成效。他在抓好食堂伙食的同时，亲自购买防暑降温药品、高温防护劳保用品，硬性要求每人每天必须带上4瓶“藿香正气液”；每天的班前讲话必讲安全注意事项，宣传高温中暑急救预案，并把防暑急救药品送到现场；深入班组了解员工的思想动态，慰问生病、中暑人员，使员工的心中有一种温馨的依靠感；注重员工心理健康，4次团队心理辅导，23人次解开心结，增强了项目全员积极自主克服自然环境和工作压力的信心，为抢工期、保节点打牢了基础。

沥青摊铺班组领工员李高何，带领摊铺组23位兄弟，一日三餐在工地，凌晨3点到现场做施工准备，晚上10点才下班休息，每天工作近20个小时。为保证沥青摊铺路面平整度质量，他顶着50多摄氏度的地面高温，伴着170多摄氏度的沥青混合料，趴在地上挂钢线、量尺寸，坚持“三点检一”的质量规范和钢轮、胶轮压路机碾压遍数，杜绝漏压、欠压，严控压路机每小时7千米左右的碾压速度，及时处理沥青混合料的离析状况，被大家称为“摊铺班组的李铁人”。

机修工王银，以一名普通工人的实际行动，诠释了“工人先锋号”的真正含义。他改良供水泵，将“泵头”改装成“潜水泵”，解决了压力不够、供水不足的问题；他改进水稳拌和机轴承支座，解决了214#轴承与原厂轴承支座不匹配问题，成功地将轴承镶进支座，保证了设备的良好运行；他改进输送带松紧调节器，解决了输送带张力不够的难题；他自制水稳拌和机输送带托轮，解决了输送带加长后张力不够的问题，等等。他对各类机械设备的20多处改进创新，提高了工效、节约了成本，给路面施工顺利推进提供了保障。

电工胡荣光，只有初中文凭的他勤奋好学，潜心钻研《电工原理》等专业书籍，使自己成为通晓电气设备原理的行家里手。管段内30多台各类用电设备、70多处各类电闸、10多台发电机、2座600型水稳拌和站、1座5000型沥青拌和站的运转状况和性能他都了如指掌。发生故障，随叫随到，第一时间排除故障。除此之外，他还能看图纸，精通管道技术，驾驶多种设备，是项目部名副其实的“万能师傅”。

领工员冯水清，善于组织协调，长于统筹安排，合理分配人、机、料资源，科学组织生产要素，很有创意地将作业人员分成土工布清收组、挂钩拉线组、中横梁找平组、摊铺机组、压路机组5个小组，极大地提高了工效，也因此创造了公司单日路面摊铺进度的最高纪录，同时创造了安全生产“零事故”的优异成绩。

在京新项目水稳层养护中，采用常规的土工布覆盖洒水保湿，耗水量巨大。工程部部长周瑜跑现场、查资料、向前辈请教，提出了“两布一膜”加水袋覆盖的养护方法。后来又率先提出乳化沥青养护的想法，试验段结果证明，乳化沥青养护不仅可以杜绝磨损、老化、裂缝、松散等问题，起到防水、防滑、平整、耐磨的作用，同时可以减少20多个人工投入和机械租赁及土工布转运费用，平均每千米可节省成本4000余元。总包部得知此项工艺的效果后，立即在全线推广应用。

作为中国中铁确定精细化管理和安全质量管理双示范线项目，京新项目自开工以来，中铁二局就迅速着手开展党建学习活动，通过职工夜校、中心组学习、三会一课等载体开展“两学一做”学习教育，通过开展支部书记党

课周“今天我来讲党课”、党员授书签名承诺等系列活动契机，学习习总书记重要讲话和党章党规，争做合格党员，增强项目党员的政治意识、大局意识、核心意识、看齐意识，有效推进项目执行力建设和效益提升，每年的7月1日中国共产党诞生纪念日和国庆节，项目部都要开展老党员带新党员重温入党誓词、擦亮党徽亮身份和“我与国旗合个影，我向祖国宣誓言”等党员教育活动，使项目党员在京新建设工作中具有铁一般的信仰、铁一般信念、铁一般的纪律、铁一般的担当。项目部早出晚归的“打更人”工区经理李宏，拥有工匠心、争做工匠人的机电工甘泽炳等优秀党员的事迹被新华网、人民网等相继报道，成为京新建设中的员工表率。

项目部自成立以来，为凝聚员工士气，提高工作效率，项目部以强化员工文化建设为抓手，按照中铁二局“十个一工程”及“三工建设”工作要

项目部开展戈壁环保行清除白色垃圾活动

求，建点初期即合理布局驻地建设，为全体员工安排了单身宿舍，保证员工拥有独立的生活空间，并安装了空调，配备了全套生活用品，投入40余万元为员工安装净水设备。同时，连续举办了6个季度的员工集体生日，为员工发放生日礼物，使员工时刻能够体会到组织的温暖和关怀，确保员工能够扎根京新，建设京新。同时，为员工发放了防沙口罩、眼镜和防寒服等保暖用品。在项目办公室设置了员工医药箱，配备品种齐全的药品，确保员工身体健康。工作中加大了“厂务公开”的力度和“三不让”工作的落实，普查上报公司困难员工，建立了困难员工帮扶机制。

京新项目地处茫茫戈壁，荒滩恶劣的气候条件和艰苦的自然环境，加之长期背井离乡、远离亲人，工作、生活压力不可避免。项目部广泛开展以“悦纳自我，共创梦想”为主题的EAP心理辅导活动，引导广大一线职工关注自身的心理健康；举办了员工心理健康节，从成都邀请专业的心理老师疏导员工心理问题；通过开展“印象接龙”“卡片你我他”“有错你就说”“体会赞美”等活动，消除彼此的陌生感，使员工快速融入团体之中；指导大家认识自我、感受压力、体会责任，引导大家适当赞美和肯定别人、悦纳自我，让员工在恶劣的施工环境能够快乐工作、幸福生活，大大增强了项目员工的向心力和凝聚力。

中铁二局还高度重视项目文化建设，为巩固发扬中铁京新“八字理念、四大精神、四个支撑”体系，围绕“总揽全局、凝心聚力、强化组织、创先争优”的京新建设主题，项目部在管段沿线设置了以“丰富沿线文化建设，共筑人文京新”为主题的党建文化长廊，内容为项目部在克服风沙、严寒等困难时产生的京新精神展示，以及党的建设、时政要闻、企业精神、时代颂歌、文明风尚等丰富内容，更有酒驾危害、心理健康等，凡经过此段的行人

都纷纷“点赞”。同时，拍摄完成《戈壁滩上的青春》微电影，有效展示和宣传了项目文化和企业形象。项目部连续获得中铁京新总包部“优秀项目经理部”和“感动京新”先进集体。中国中铁总裁张宗言在京新调研期间，表扬项目部文化建设活动新颖，内容丰富，全面提炼总结出了戈壁滩上的京新精神。

在企地党建共建工作上，项目党委持续加强与阿拉善右旗边防支队共同开展“联创联建”党建主题活动，双方通过召开座谈交流会、走访观摩和每月共同开展一次“同上党课，同过组织生活”等活动，共同推进党组织生活制度规范落实，促进党组织生活达标创新，培养双方党员团结协作意识。并成功举办了 4 次联合上党课活动，学习“三严三实”“两学一做”等党的理论知识，取得了良好的效果，在共上党课的同时，项目部还积极走访周边边防部队，为边防“硬骨头六连”修路免费提供混凝土，支援国家边防建设，受到边防部队的赞扬。

在日常工作中，项目部党委深知廉政建设关乎整个京新建设的成败，始终将廉政建设放在首位来抓，以“风清气正，人和企兴”的廉洁党建理念为基础，不断建立和完善与京新建设相适应的教育、制度，监督并重的惩治和预防腐败体系。严格执行党风廉政建设责任制，在项目部营造廉洁从业的氛围和环境。工作中，项目部认真贯彻落实“三重一大”“党政会签”制度，同时利用职工大会等会议对部门主要管理人员、重要岗位人员进行廉洁谈话，组织党风廉政学习，查找项目廉洁风险防控点，加强预防，注重思想上的引导，鼓励员工以身作则，每年年初都会组织项目领导班子和关键岗位员工签订当年廉洁从业承诺书和廉洁包保责任书，并观看《国资之蠹——张北川违纪违法案件警示录》《国有企业职务犯罪剖析》等廉洁教育专题片。加强廉洁自律，对关键部门、关键岗位做到警钟长鸣，确保项目绝不发生廉洁问题。

通过不断的努力，中铁二局京新高速项目部党建工作取得明显效果，在员工中产生广泛的影响，有力地推进了项目工程建设，为项目各项工作的快速推进提供了有效的精神保障。

青天一顶星星亮，那是寂寂漠荒的指明灯；荒漠一片灯火红，那是鏖战京新的圆舞曲。在这片“穷荒绝漠鸟不飞，万碛千山梦犹懒”的无人区里，中铁二局人用奉献奏响了一曲奋战京新的壮美乐章。

（撰稿人：中铁二局京新高速公路临白段项目经理部）

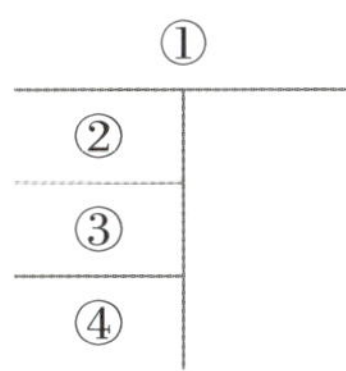

① 组织员工开展“感动京新，放飞梦想”活动

② 心理健康节员工演唱心理健康歌曲《心灵鸡汤》

③ 项目部向全线兄弟单位介绍先进施工经验

④ 桥涵工程获“全线样板工程”称号

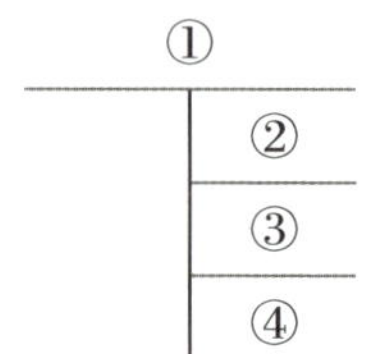

① 开展“我与国旗合个影，我向祖国宣誓言”国庆活动

② 员工甘泽炳获中铁京新“十大工匠”称号

③ 美丽的京新高速

④ 项目部施工交安标识工程全部完工

亮剑戈壁滩

——中国中铁京新高速临白段总承包管理部第五项目部（中铁广州工程局）建设纪实

中铁广州局承建的京新高速公路临白段5标项目部管段，全长42.5千米，主要工程包括大中桥梁6座、通道14座、涵洞67座、路基、服务区1座、收费站1座以及路面、交安设施等工程。

项目部管段，位于内蒙古自治区阿拉善盟右旗和额济纳旗境内的巴丹吉林沙漠戈壁腹地，是临白段自然条件最为艰苦、施工环境最为恶劣的地区，距离工地最近的城市是200千米以外的额济纳旗，车程两个多小时。工地具有无水、无电、无人烟、冬寒夏热、风大、沙尘暴多、生活生产物资严重缺乏、无绿色植被等特点。项目部广大参建员工，沉着应对，迎难而上，以“亮剑”的精神，想方设法解难题，确保了工程建设的有序推进和完美收官。工程于2015年4月29日开工，2017年7月15日建成通车。

拓荒建点现锋芒

寻水

项目部地处临白段中部，是全线最缺水的标段。

为解决水源问题，2015 年 1 月进场后，项目部联系上了内蒙古边防某部队，经过沟通协调，最终解决了饮用水问题。但 30 多人的先遣小分队，每天每人只分发一点水洗脸漱口，洗脸水还留着洗手用。早上吃完早餐后没水洗碗，就用纸巾将碗擦干净。打前站的员工们对于洗脚洗澡，就是一种奢望，一个多月没洗过澡没洗过衣服的人太多了。项目副总工、试验室主任吴占辉，在工地上拼搏了一个多月没洗过澡，年轻轻的帅小伙，脏兮兮的头发很长了，白衬衣领子已经被汗渍和沙尘污染得看不出颜色。一天，他趁去额济纳旗公干的机会，理了一次发，洗了一次澡。理发时，理发师好奇地问他："你在沙窝子里待了多久啊，干什么工作的？"

在工地上，干部、工人、劳务工都一样，同甘共苦。在这么缺水的情况下，项目部从外面买的水，有时为了劳务队的生活、为了工地监理的生活，会分一些给他们，项目部自己的用水日子过得更加紧巴。2015 年 3 月的一天，项目部把水都给了劳务队，中午没水做饭，食堂只好给大家吃煎饺。施工用水，是项目班子最为头疼的大事。据统计，项目管段施工总用水量需要 100 万吨，运距 160 多千米，买水成本巨大。项目进场后，到处找水源，请打井队打了三口井，最深的井有 380 米，有的井有一点点水，储存一天的水，1 小时就抽干了，有的井根本就没水。前期大小临工程建设的施工用水，是以 100 多元一吨买来的，还不含运费。粗略算一下，如果全靠买水

施工，从开工到完工，光买水的钱就得超过 3000 万元，所以还得找水源。

为了节约用水，项目部舍弃了将办公区及员工宿舍通道硬化成混凝土的传统方法，转而采取铺红砖的方法，既节约了水又起到了防尘、防扬沙的目的，还很美观，真可谓一箭三雕。为防止买来的施工用水渗漏，项目部在工地现场挖好坑，采用塑料薄膜铺在坑里，然后将买来的水倒入坑中，这样就较好地阻止了水的渗漏和蒸发。为保证正式开工后用水能满足施工需要，项目部超前谋划，要求多储水，不要在正式开工后的施工中因缺水而停工或窝工。员工们说，这里水贵如油，漏掉的都是钱啊。尽管水资源相当匮乏，但是为了让员工们有水用，有水喝，项目部花重金买来了水，储存在项目部。2015 年 4 月 8 日，忙碌一天的员工们可以在澡堂洗上热水澡了，洗漱室用上热水了，洗衣机呼啦啦转起来了。

项目部路面沥青摊铺碾压

找电

沙漠戈壁，没有电，生活、生产将陷入绝境。项目部在大小临建中，需要用电时，采用柴油发电机供电。项目部生活用电，晚上只发电到11时左右，如果工程技术人员加班需要，发电可稍微延长一些时间。项目部附近有一家小加油站，里面的柴油都被各个施工项目买断货了。工地生产用电只能等大电拉进才能满足。

项目部生活用电的重担压在了项目物资部主管临电的副部长杨柒金身上。他到处联系，解决电的问题。精明强干的他，另辟蹊径，通过一周时间的软缠硬磨和诚意打动，额济纳旗铁路某公司管电的领导终于点头同意让项目部接用铁路电力，他帮助杨柒金联系申请地方电力部门，完成了一切用电手续。项目部于2015年4月11日通上了临时大电，解决了项目部的用电问题。这是中铁7个参与京新高速施工的标段中，项目部机关用电唯一一个不靠发电机发电而使用地方铁路电力的。

建点

项目部员工和劳务工的日常生活用品全部从额济纳旗购买，食堂采购人员早上起早出发，采购完一车物品，返回时已经是晚上了。额济纳旗是沙漠中的城市，不出产粮食蔬菜，生活物品靠商人到400多千米外的酒泉市去购买回来再转卖，物价较高。项目部党工委书记何明江、办公室主任杨世全跑到市场挨家挨户了解行情，货比三家，选择定点商家，满足了项目部生活保障品的供应。项目部正常运转后，开起了自己的小卖部，满足了员工们对生活用品的需要；还在戈壁滩上，建造了篮球场；千方百计拉来了网线，建立了视频会议室，一些会议、文件、通知等都通过QQ群转发或共享，实现了网络信息化办公，拉近了员工与现代化城市的距离。

沙漠戈壁的天气变化无常，上午还风和日丽，下午就飞沙走石，狂风大作，风日常都在 3 ~ 5 级，有时达到 7 级。极端天气，就会扬沙，刮沙尘暴了。俗语说的“风起额济纳旗，沙落北京城”，讲的就是这里。风力达到 5 级，额济纳旗机场的小飞机就会停飞，交通中断。在工地上，扬沙眯眼，早上醒来，眼角都是和着眼屎的细沙子，头发里的细黄沙抖不掉、洗不尽，洗衣服洗出的都是黄沙水。施工员李富群，头发上沾满了黄色沙尘，一张脸比包公还黑，棉衣和皮鞋已看不出颜色，灰扑扑的。作业队长曹相宏，负责项目部驻地建设，天寒风沙大，他用一顶毛线帽子将脸全部覆盖住，只留两只眼睛在外，驻地建设完成后，整个人瘦了一大圈。

安质攻坚展雄风

项目部在施工中，严格管控安全、质量和环保，实现了施工过程安全无事故、质量无缺陷、环保无投诉的“三无”目标。

项目部进场伊始，将安全、质量、环保摆上重要的议事日程，成立了以项目经理任第一责任人的安全生产领导小组，也成立了以项目总工程师任组长的质量创优领导小组，还成立了以安全总监任组长的环保领导小组。

项目部确定了创建中国中铁“安标工地”和国家交通部“平安工程”的安全管理目标，创建“中国中铁杯”优质工程和内蒙古自治区“草原杯”优质工程的质量创优目标，环保达到内蒙古自治区环保要求的环保责任目标。

根据各目标任务，制订了安全、质量和环保等工作职责。为把各项责任目标落到实处，项目部设立了安全总监、安质环保部，配备了专业工程师，负责对项目管段的安全、质量、环保进行专业管理。组建了一支24人的群安员队伍和一支由18人组成的青安岗队伍，分布在各个工点上，确保每个班、每个工点都有群安员、青安岗在开展工作。

项目部在安全管理上，认真贯彻安全管理要求，切实落实安全管理责任制度和安全责任追究制度，始终坚持从严治理，绝不姑息手软。项目部确立了“一二六”安全工作管理思路。“一”，即一个确保：确保安全生产零事故。“二”，即两个创建：创建中国中铁股份公司“安标工地”，创建国家交通部“平安工程”。“六”，即六个杜绝：杜绝责任死亡事故、杜绝责任火灾事故、杜绝火工品事故、杜绝带压容器爆炸事故、杜绝重大责任交通事故、杜绝食物中毒事故。项目部在施工中，严格落实安全考核、安全红线卡控、安全奖惩等多项制度。在2015年和2016年的安全月中，开展了安全宣誓、安全承诺签名、安全咨询等活动，做到月月都是安全月，天天都是安全日。安全总监刘群厚坚持每天上工地巡视检查，将隐患消灭在萌芽状态。2015年7月25日，巴音高勒大桥上几名劳务工人图省事，没有系安全带就站在操作平台上施工。专职安全员尹建平、桂武松、冉磊巡查发现后立即制止，在教育和劝说后，高工作业工人员全部系好了安全带。在他们的严格要求下，42.5千米管段，不管是桥梁，还是房建、路基、路面施工，都保持了安全生产的稳步发展态势。

项目部坚持走精品之路，高起点、高标准、高水平地推进工程建设，为确保省创优目标实现，始终以“一二三”的质量管理思路严格管控质量，取得显著成效。“一”，即一个确保：确保“工程质量零缺陷”，杜绝质量事故，交验工程质量达到国家、行业质量验收标准，符合设计文件和技术规范要求，单位工程一次验收合格率100％。“二”，即两个创建：创建中国“中国中铁杯”优质工程，创建内蒙古自治区“草原杯”优质工程。“三”，即三

个特色：建立以特色质量理念、特色管理措施、特色专项活动为主要内容的项目质量管理体系。项目部、安质部专职安全员和质检员，在日常质量检查中，始终坚持原则，关口前移，严防死守，确保了工程质量。特别是在2015年和2016年9月的全国质量月中，项目部对质量管理进行了大量的宣传，开展了专题质量活动，把质量管理贯穿到工程首件制、三检制中，确保了单项工程合格率100%，主体工程无质量缺陷。安质部部长张华说："费尽口舌，不如亲手示范。"一天，他去检查边坡防护施工时，发现预制件安装高低不平，一检查，原来是因挂线不当导致预制件安装不在同一直线上，不符合技术交底要求。为此他用了一个上午的时间，反复给沿线正在施工的劳务工亲手示范了从挂线、找控制点，到如何摆放等一套完整工序，使劳务工掌握了施工技术要点，大大提高了工程质量。

沙漠戈壁地区的施工环保比一般地区更为关键，脆弱的生态环境一旦被破坏，就很难恢复。项目部以"不破坏就是最大的环保"为理念，制订施工环保管理目标，即杜绝环境污染事件，资源、能源消耗量符合定额要求，实现污染源排放达到国家及施工所在地政府主管部门规定的排放标准，实现节能减排目标。项目部将每月23日定为环保日，组织人员清理并集中填埋沿线的白色垃圾。在日常工作和生活中，从项目领导到工区主任、施工员、劳务工，都坚持做到工完料尽，生产生活垃圾随手清理，这也成为广大员工的日常习惯。项目部在施工过程中，尽量减少对植被的破坏：便道铺设尽量绕开骆驼草较多的地方；土方开挖、土方丢弃，都尽量保护到周围的骆驼草。

项目部在安全上坚持一个"严"字，在质量上坚持一个"狠"字，在环保上坚持一个"不"字，以自身的实际行动，为京新高速公路的建设起到了保驾护航的作用。

科技创新促进展

项目管段地处沙漠戈壁地区，常年多风沙、干旱缺水，给施工生产带来极大困扰。为解决施工技术难题，项目部采用了大量新技术、新工艺、新设备等，攻克了施工中的道道技术难题，推动了施工的快速稳步进行。

在箱梁和板梁的预制中，276 片桥梁要赶在 2015 年冬休前预制和架设完，任务极其艰巨。戈壁缺水和夏季高温，给预制梁施工带来重重困难。谢秉军提出了采用智能张拉、智能压浆、蒸汽养生代替传统施工方法的提议，另一名技术干部提出了空心板梁芯模采用钢模板的提议。经多次现场踏勘、向专家咨询、召开专题会议进行可行性论证，并报中铁京新总包部、监理和业主同意通过后，付诸实施，取得了显著效果，并在全线推广。

京新高速全线首片箱梁架设

京新高速公路的路基填筑，难度极大。路基填筑用土含水量很少，压实度很难达标。谢秉军提出了“层厚控制施工法”，他们组织运水车，对路基进行科学洒水，采用闷料工艺，使填筑用土含水量达到均匀。在填筑施工中，每填筑一层，都现场检测压实度，复测路基平整度、高程、横坡等数据指标，满足设计要求后，再填筑下一层路基。

管段需要预制128万块小型预制构件。如果采用传统工艺，将无法满足在工程交工验收前完成安装任务。项目部决定购买几套包含一台智能控制称量的JS500型混凝土搅拌站、一套YLT-20型混凝土砌块成型机在内的全新设备。这几套新设备投入使用后，其工效达到传统施工的5倍，按期完成了小型构件的预制任务。

项目部大力开展QC科技攻关活动，破解了众多难题，把先进科技、工法、设备等的采用，转化为先进的生产力。

特色文化显精神

项目部全力打造京新高速特色项目文化，对内鼓舞员工士气，对外展现企业综合实力，树立了良好的外部形象，为项目建设提供了强大的精神动力和文化支撑。

项目文化塑形象

一是塑形建设。项目部始终坚持将企业文化建设摆在重要的项目议事日程，成立了以党工委书记、项目经理挂帅，项目综合办公室主责，其他部门和工区配合的项目文化建设领导小组，负责项目特色企业文化建设工作，制定出台了《项目形象建设策划书》，对各方面进行了系统规范，统一布置宣传塑形。

二是体现理念。广大建设者团结协作，斗严寒、战风沙、斗酷暑，无私奉献，在打造精细化管理示范线、安全质量管理示范线、项目文化建设示范点上成效显著，获评“精细化管理示范线建设评比第一”等多项全线第一的好成绩。这就是“勇于挑战的航天精神、重责爱岗的边防精神、甘于奉献的胡杨精神、吃苦耐劳的骆驼精神”的具体表现。

三是有机结合。在打造特色企业文化的同时，紧密围绕施工生产目标，结合“两学一做”“三面旗帜进班组”等党建主题活动，进一步深化了企业文化在项目的落地生根和开花结果。

执行文化强管理

在制度建设方面。建立健全了各项管理制度 163 个，进一步强化了项目基础建设，使执行力建设有制可依。

在精细化管理方面。建立了管理工作责任矩阵，全面梳理项目部职能管理和服务的具体工作，建立项目管理工作清单。制定部门机构责任书和员工岗位职责书，彻底厘清部门之间、员工之间的工作责任分工，杜绝了推诿扯皮现象，使执行力责任进一步明确。

在现场管理方面。在安全管理、质量控制、工期进度、成本管控、物资消耗上，坚持早点名、交班会、周例会、月度生产会、季度总结会等会议，对现场施工生产中出现的问题及时全面分析，对现场的卡困问题、安全、质量、进度目标任务，落实到人，写入会议纪要，事前分析，过程跟踪，事后总结，实现事件的全过程管控和可追溯性。

京新铁臂

在严格执行力方面。为严格执行力，做到事事有人安排，事事有人做，事事有人落实，事事有因有果。对于违反制度管理的，依据制度规定严肃处理，切实落实有制必依、违制必严、执制必究；对于在执行落实工作中取得成绩的，按规定给予表彰与奖励。

廉洁文化扬正气

宣传先行。项目部设置了党风廉政建设宣传展板，组织学习党风廉政建设的相关条款、法规、宣传提纲等，做到不踩红线、不触高压线。

以活动监督。项目部以活动为载体，开展廉洁活动。以党务公开和厂务公开的形式，定期向员工群众公开项目的有关重大事项，让普通党员和员工参与项目管理。设立廉政问题举报箱，扩大了廉洁活动的范围和监督范围。建立关键岗位人员廉洁档案，对关键岗位人员进行自我约束。对党员开展公开廉政承诺活动，让全体员工参与监督。营造“以廉为荣、以贪为耻”的廉洁文化理念，营造风清气正的文化氛围，促进项目健康有序发展，使项目部“阳光工程”得以真正阳光。

和谐文化树新风

保障合法权益。第一，强化“三工建设”，打造“幸福之家”，在项目部和各工区统一建设了活动板房，分为办公区和宿舍区，安装了空调，建起了食堂、澡堂、洗漱室、医疗保健室、篮球场等。第二，坚持对劳务工实行“五同管理”，大力开展“冬送温暖夏送清凉”活动和节日慰问活动。第三，坚持关心关爱全体参建人员，定期走访他们，给予他们力所能及的帮助和关爱。第四，投入专项资金，设置家属“探亲房”。第五，引导劳务工从“生活单调型”到“情趣高雅型”新型产业工人转变，建立起了劳务工“生活自治区”。第六，项目部在培训和安全防护上，加大工作力度。这些做法，纯洁了内部环境，凝聚了人心，打造了“视员工为亲人、视项目为家庭”的京新“家”文化。

和谐路地关系。项目部坚持和业主、监理、设计及中铁京新总包部等维护好日常友好关系，与当地驻军部队、当地政府部门、牧民等建立了良好关系，在生活和施工用水、征地拆迁等方面给予合作。沙漠戈壁夏热冬冷，为改善当地牧民居住环境，项目部为他们送去了 6 台空调，受到当地政府和牧民们的一致好评。额济纳旗温图高勒苏木人民政府专程为项目部赠送了一面写着“修路筑旗促发展、心系额旗献真情”的锦旗。

项目部在重点打造“四位一体”企业文化创建的同时，同步打造了安全文化、质量文化、学习文化、看板文化、接待文化、会议文化等子文化，建设起了具有自己特色的项目文化建设体系。

洪水凶猛冲击中国中铁京新高速五项目部拌和站

构筑堡垒保贯通

项目部坚持以党的十八大精神引领项目党建工作，紧紧围绕施工生产大局，创新工作思路，把“加强党建工作、建设和谐京新”的指导思想贯穿工作的始终，形成了“以项目部党工委为龙头，以工区党支部建设为基础，以党员干部教育为主线，以项目文化建设、党建主题实践活动为落脚点”的项目党建工作新格局。

加强班子建设，确立核心作用

项目部党工委，下设 5 个党支部，有党员 36 名，积极分子 1 名，写入党申请要求进步的 5 名。建点伊始，党工委在组织机构设置上高度重视，由富有基层一线施工管理经验的三公司副总经理许兆交，具有高速公路施工管理经验的三公司副总经济师谢秉军，善于沟通协调有长期一线党建工作经验的项目书记何明江，学者型的三公司副总工程师周雄，具有一线安全管理经验的刘群厚，具有长期路基施工管理经验的栗生坤，具有房建施工管理经验的郭虎等组成了党工委。工作中不断创新机制和工作方法，营造了“想干事、能干事、干成事”的工作氛围，构建了党建工作大格局，形成了“项目部党工委牵头，工区、分公司党组织广泛参与”的项目党建工作领导体制。

加强队伍建设，发挥模范作用

党工委十分重视党员干部队伍建设，把一批学历高、年纪轻、综合能力强的干部放在重要的岗位上历练，担负起施工生产工作的重任。项目经理谢秉军，铁骨柔情，对工作兢兢业业，对自己和家人苛刻，自己生病了没时间治疗；老婆生孩子，没回去伺候；父亲七十大寿，没回去祝寿。书记何明江，有比较严重的胃病和低血糖症，衣兜里长期放着药；儿子高考没回去陪护；儿子上大学没回去送校；家中老人瘫痪在床，全靠妻子一人照料。总工程师周雄吃苦耐劳，坚持科技创新，把先进科技、先进工艺等转化为生产力。安全总监刘群厚，天天跑工地抓安全，手把手教劳务工技术技能，无怨无悔。副经理栗生坤，在路基施工中，日夜值守。副经理 / 一工区主任郭虎，在收费站、服务区及房建施工中，充分发挥一技之长，取得全线房建第一个封顶的好成绩。二工区主任曹相宏、三工区主任江河，都是在生产一线摸爬滚打的生产能手，冲锋在前，享受在后，每天工作时间长达 10 多个小时。在京新高速公路建设工地上，这种舍小家、为大家的共产党员和管理干部比比皆是。

加强制度建设，提升工作水平

一是制定和完善了《党工委工作准则》《民主生活会制度》等管理制度。二是建立了党工委委员工作联系点 3 个。三是按时组织“三会一课”，使党建工作走向制度化、规范化。同步加强学习教育，开展谈心活动，交换意见，听取各方建议，不断加强和改进工作。四是始终坚持把党风廉政建设作为一项重要工作来抓，关口前移，从源头上堵住各种漏洞，从思想上和行为上堵住各种不良行为。

增强组织建设，突显堡垒作用。党工委认真贯彻落实“把满足施工作为第一需要”，紧紧围绕服务施工生产，拓展工作思路和工作空间，探索完成生产任务与开展工作的最佳结合点与切入点，广泛开展各类活动，增强党组织的凝聚力，使党组织的战斗堡垒作用得到充分发挥：一是以“沙漠戈壁党旗红，中铁广局争先锋”和“三面旗帜进班组”党建主题活动为载体，把党建、工建、团建活动与施工生产管理相结合。二是加强学习，创建学习型班子。开展“两学一做”学习实践活动，职工参与率达到90%，党员参与率达到100%。三是坚持评选活动制度化，落实好“开工必优、一次成优、开工必先、全程领先”，取得多项全线第一。四是充分调动群团组织的力量促进施工生产，坚持党建带工建、团建。

强化精神文明建设，创建文明型项目党建。党工委坚持围绕施工生产开展工作的思路，将物质文明、精神文明、政治文明、生态文明的建设纳入党建的总体规划。一是党工委、党支部、党小组逐级签订了责任书，分解任务，明确责任。二是结合以“项目文化、执行文化、廉洁文化、和谐文化”为一体的项目文化“四位一体”创建和“幸福之家”创建活动，因地制宜地抓好项目文化建设。三是按照“VI手册”标准，建立了统一的视觉识别系统，从外在方面树立了良好的企业形象。四是精心培育工地特色文化，开展项目文化“三个一”工程建设。加强对外宣传报道，被各级刊物、网站采用稿件300多篇（幅）。五是注重路地关系，建立起融洽、信任、配合的良好关系，获得外部支持，形成和谐融洽的施工氛围。六是注重加强劳务派遣工和劳务队伍工作，实行“五同”管理，对优秀劳务派遣工直接录用、破格提拔使用，增强企业信誉，有效地调动其积极性。

（撰稿人：雷　礼）

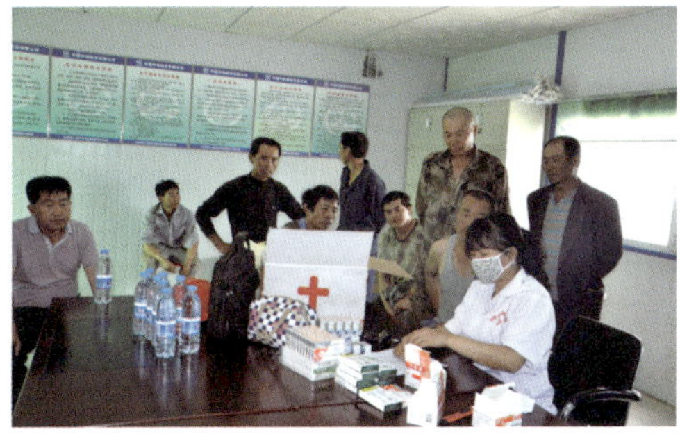

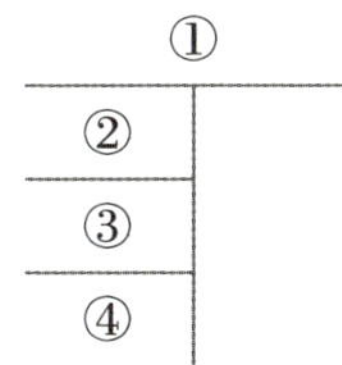

① 特大沙尘暴阻碍施工

② 党员先锋岗指导一线

③ 戈壁讲堂

④ 工区巡诊

浩瀚北疆展雄风　蛮荒戈壁铸辉煌

——中国中铁京新高速临白段总承包管理部第六项目部（中铁北京工程局）建设纪实

千年沧桑，失落了黑城，肆虐的风沙，荒凉了额济纳旗。这个地处中国北疆，位于内蒙古自治区最西端的边陲旗县，地形主要由戈壁、低山、沙漠、河流、湖泊和绿洲等构成，且戈壁、沙漠、丘陵分别占总面积的5.93%、15.17%和47.15%，年均降水量为37毫米，长年狂风肆虐、扬尘滚滚，燥热干旱、草木枯竭。在这样恶劣的环境中，却有一支特别能吃苦、特别能战斗的队伍，于2015年1月组建进场，在这人迹罕至、浩瀚无边的蛮荒戈壁滩上，拉开了世界穿越沙漠最长的高速公路——京新高速公路建设的序幕，他（她）们就是中国中铁京新高速临白段第六项目部（中铁北京工程局）的建设者。

京新高速公路全长2768千米，临（河）白（疙瘩）段总长930千米，其中阿拉善盟境内工程主线814.37千米。由中铁北京工程局集团承建的京新高速临白段（阿拉善盟境内）2标段第六项目部，位于内蒙古自治区阿拉善

盟额济纳旗境内，主线全长 43 千米，合同工期起始于 2014 年 12 月 30 日，终止于 2017 年 6 月 30 日，合同价值 8 亿余元。经过项目部全体人员的共同努力，在全年有效施工期仅七个月的情况下，克服三个月风沙、四个月酷暑的恶劣气候影响，于 2017 年 6 月 25 日通过交工验收，让浩瀚沙漠变成通途，书写了中国建筑史上的又一辉煌篇章。

科学组织　精细管理显成效

开工伊始，公司抽调精兵强将，组建精干高效的管理团队，搭建项目管理体系，确保各项工作落地生根。在项目管理过程中，全面推进精细化管理，强化“过程控制”这条主线，加强施工过程中安全、质量、进度、技术、成本、财务等方面的管控力度，使全过程控制带动项目整体管理水平的创新提升，确保项目始终有序可控。同时，以开展劳动竞赛活动为载体，将劳动竞赛贯彻施工生产全过程，通过制定各类奖罚措施，充分激发参建员工的积极性。劳动竞赛不仅包含施工进度、工程质量、产值完成、安全管理等内容，也将物资管理、验工计价、财务管理、工程创优、队伍管理、节能环保以及党建等内容涵盖进来，全面开花、全员参与，“以竞赛促进度，以成绩保质量”，迅速掀起了施工大干高潮。

2015 年，项目部在全标段率先完成项目部驻地及大临建设，提前完成总包部下达的路基土石方工程节点和桥涵下部工程，并于 10 月 24 日提前完成年度施工任务，完成计划产值的 103%，在总包部第一次考核评比中获得第一名的好成绩。2016 年，桥梁工程、路面工程、路基附属、房建装修等全部完工，交安、机电工程完成设计总量的 90% 以上；5 月至 7 月连续三

京新高速已完工工程

个月完成施工产值破亿元，创天津公司项目月完成产值历史新高，得到了业主、总包部、监理的一致好评；同年荣获中铁北京工程局2016年上半年“劳动竞赛公路组第一名”和中国中铁股份公司总包方“劳动竞赛先进单位”荣誉称号。

超前谋划　合理调配保进度

京新高速公路临白段地处内蒙古自治区最西端，冬季最低温度达零下35摄氏度，冬休期长达5个月，给施工生产带来诸多不便。为了确保按时完成2016年度各项既定节点目标，项目班子超前谋划，按照年初总包部下达的节点目标，结合项目实际和冬休等外部环境影响，制订详细的节点目标任务分解表，并多次召开专题会议，科学分析研判项目施工生产能力。面对

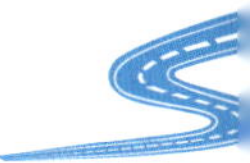

当地交通不便、物资匮乏、工期紧任务重等困难，项目部决定在冬休时期预先做好施工过程中砂石料、沥青等物资的储备工作；针对施工线路长、沥青混凝土拌和站少、运输成本较高这些直接制约施工进度的不利因素，经过前期各项成本测算，并通过项目管理会议决策，决定增加一座沥青混凝土拌和站，为下一步沥青路面施工做好充分准备。

在项目沥青路面施工中，围绕“三高两创一确保”的施工目标，项目部发起“真抓实干、大干四十天、全面完成6月10日左线沥青下面层贯通”的动员令，并采用“白加黑”“5+2”大干模式，有序组织路面施工。通过采取关键工序作业面领导带班、路面作业班组实行双班倒机制、增加运输车辆机械配置等措施，日摊铺进度提高到了2.5千米。全体员工咬紧牙关、奋勇拼搏，终于在2016年7月25日，全长43千米的沥青面层提前顺利实现贯通，比业主要求的时间（9月10日）提前47天，标志着管段内主体工程圆满完成，项目部取得了阶段性的重大胜利。

技术革新　提质增效创一流

京新高速公路临（河）白（疙瘩）段总长930千米，其中阿拉善盟境内工程主线814.37千米。因工程地处沙漠地带，风沙大且日照充分，水分蒸发快，夏季炎热，冬季寒冷，空气干燥，常规的路基施工方法水分流失蒸发过快，填料含水率质量控制出现了难题。为此，项目部成立了由项目总工高晓勇、工程部长金桩及其他技术人员组成的创新小组，对每个施工工序、施工方案反复细化优化，为解决施工难题提供技术支撑。由于路基填筑施工过程中存在水分散失过快，取水成本过大、现场停机待料现象频繁等问题，创新小组结合其他北方干旱缺水地区路基工程施工实例，经过多次实验，创新出了“闷料法路基施工”工艺。

“闷料法路基施工”工艺根据填料的天然含水量、最佳含水量、闷料沟尺寸（长、宽、深）、闷料沟间距、每条闷料沟闷料数量，计算确定每条闷料沟的放水量，按照确定的放水量向闷料沟放水，让水在重力作用下渗入填料中，并达到在填料中均匀分布的效果，项目部可根据现场取样试验确定最佳闷料天数进行取料填筑。该工艺的优点是普通机械即可运用，可操作性强，料场闷料后，填料含水量均匀，且易达到最佳含水量 ±1% 范围的要求，减少了现场洒水闷料环节，可以有效缩短每班路基填筑碾压的完成时间，大大缩减工期。另外，通过料场闷料后，直接取料填筑整平即可碾压，可以充分发挥机械使用效率，减少机械窝工，节约成本。通过该项工艺的运用，不仅使路基填筑质量得到保证，确保了成熟路基板块的连接性、压实度和荷载，同时也加快了施工进度，避免了路基工程的质量通病。这一路基施工方案，深得监理和总包方的好评，并被其他标段的施工单位广泛借鉴采用。

爱岗敬业　沙漠之中展风采

京新项目部人员中，年轻人占大多数，尤其是测量队的小伙子们平均年龄仅 25 岁，最小的年龄才 20 岁。在父母的眼里他们还是一群孩子，但在茫茫的荒漠中，他们是无所畏惧的探路者。每天他们早出晚归，做着重复枯燥的测量工作，顶着烈日，扛着仪器，风沙在一张张稚嫩的脸上烙下成熟沧桑的印记。尤其在夏天高温的沙漠中，可谓“头顶烈日，脚踏火炉”，太阳烘烤下的沙漠更加炙热，大汗淋漓中他们手中的设备不停，记下的每一个数据都不差分毫；风沙肆虐吹得人睁不开眼睛，却吹不倒年轻坚毅的身影。

在沙漠中测量，做工程的人都知道，当风沙很大时，地面凹处一夜之间就会沉积 40 ~ 60 厘米的沙子，测量队员必须用附近或远处地面凸出的两个点，找出凹处被沉积沙埋住的点，点位确定了，还要用铁锹挖出测量点位。为了获取准确无误的测量数据，他们每一次的外业测量，都要背着工具找、挖点位；有时候为了保护仪器设备，他们脱下外套包着设备，自己却任风沙吹打。由于水资源匮乏，测量技术员经常会长口腔溃疡，两三个月都不会愈合，出去作业风沙一吹，顺着溃疡的地方裂开血口子，吃饭时钻心地疼。一天工作下来，嘴里、耳朵里都是沙子，又不能洗澡，只能用少量的水擦洗。就是在这样的工作与生活环境下，每每父母打来电话，年龄最小的测

雅干互通区匝道入口

量队员刘沁蕴都不敢如实说，他总是安慰父母说：“我挺好的，没事，不用惦记我！”他总是不愿意挂断电话，听着父母的声音，泪水不由自主地流了下来。

项目部女职工、安质部长曹福丽，和丈夫任晓光同在京新项目，但却在相距20千米的不同工区。曹福丽每天在工地进行施工安全质量巡查，作为女同志，上卫生间不方便，她就坚持不喝水，不喝稀饭，白皙的脸庞因为缺水和日晒变得黝黑干裂。针对在路面施工时机械及运输车辆繁忙、桥面系工程与附属工程经常有相邻或交叉作业等情况，她本着“抓安全不留情面”“磨破嘴、跑断腿”的原则，发现安全隐患和现场安全违章情况一律严肃处理，将问题消灭在萌芽中。在她严管深抓的安全管控下，实现了项目安全生产零事故，她也被同事们称为“沙漠玫瑰”。2016年6月，她带领的团队在总包部组织的安全知识竞赛中荣获总包部“优胜单位”荣誉称号。副经理任晓光负责现场带班民工队伍，对部下力求“精、严、细”，他一不等、二不靠，事事冲在最前面，全面管理，严格要求，严查、严控、严防。他和农民工交朋友，使工人们放下了思想包袱，干劲十足，并时常在现场与技术人员一起讨论施工方案，在施工管理中扮演了多重管理角色。

京新项目团队在困难面前，从不畏惧，从不退缩，迎难而上。施工现场人员为了抢时间，连午饭都是在工地上吃的，更谈不上回家和亲人团聚，他们之中有的刚成家，有的孩子刚出生或在咿呀学语，一年的时间都交给了京新高速公路建设。正是这些无私奉献、舍家忘我的建设者们，创造了中国建筑史上又一建筑奇迹，造就了沙漠上这一条靓丽的风景。2016年，这个团队被总包部授予“中国中铁感动京新先进集体”荣誉称号。

心系社会　践行责任勇担当

“水是生命之源”。在干旱缺水的沙漠戈壁上水如油一般金贵，刚住进项目部的前几天，好多人都没有洗脸，大家不是不想洗，而是因为要省下水来给食堂做饭用。为了解决吃水、用水难的问题，项目部筹集资金10多万元，购置了净水设备，净化的纯净水用于生活饮用，二次水作为洗浴和卫生间使用。然后，对污水再进行处理，通过自动循环系统把净化处理过的污水循环用于冲厕所及灌溉，把有限的水资源用到了极限。工地上施工用水要从100千米外的天鹅湖拉到现场，每吨需要几十元，为了节约用水，项目部安排专人对进场的施工用水进行统一分配，以解决现场施工的燃眉之急，把“好钢用到刀刃上”。每到雨季，项目部就准备好挖掘机和水车等机械设备，等雨后四处寻找低洼处的积水，展开一场与大自然争夺“生命之水”的战斗。

沙漠戈壁滩上绿色植物稀少，生态环境极其脆弱，稍有不慎就会被破坏难以修复，在内地植被生长很快，但在戈壁上需要几年甚至几十年。为此，项目部通过宣传栏，发起了“像爱护眼睛一样爱护生态环境”的环保倡议书，并规定施工车辆和行人按规定线路通行，禁止破坏地面植被，保护周围环境，不许存在地面裸露垃圾，并定期组织人员捡拾建筑和生活垃圾，并进行深埋处理，合理规划施工取弃土场，禁止乱取弃土和乱丢弃垃圾。项目部立下郑重承诺，只留给当地人民一条康庄大道，不会留下曾经来过的痕迹。如今，承诺已变为现实。

2016年5月15日，驻地某部队建造航天监测卫星雷达基地发来了求援信息，希望项目部供应混凝土援建基地。当时项目部面临6月10日沥青路面左幅全线贯通的节点压力，为践行好央企责任担当，大局面前，项目部召开会议，重新修订施工计划，克服拌和站资源配备少、距部队航天基地施工现场70多千米运距远等困难，主动出击、不等不靠，在保证不耽误工期的情况下，加班加点，最终供应了120方混凝土，满足部队基地需求，为航天事业贡献微薄之力。为此，2016年5月26日上午，中国人民解放军某部将一面写有“心系国防、情系航天”的锦旗送到了项目部，感谢项目部对航天基地监测站基础设施建设的大力支持和帮助。2016年8月，项目部还配合额济纳旗公路局修补通往拐子湖乡村道路40余千米；2016年10月，项目部积极响应内蒙古自治区提出的“十个全覆盖”惠民工程，无偿提供装载机、推土机等机械设备20多台次，得到地方政府和当地群众的一致好评。为此，当地政府部门特地送来锦旗表示感谢。

文化铸魂　党建引领促生产

如果把一项工程比作一台发动机，各施工部门就是发动机的零部件，而党建工作就是润滑剂，它们相互交融、扶持、共生，缺一不可。项目部在抓好施工生产的同时，积极开展党建活动，助力施工生产。坚持发挥“党、工、团”的先锋模范作用，开展“三面旗帜进班组”活动，将“党员先锋岗、青年突击队、工人先锋号”带入作业现场，营造人人争先锋、人人争模范、处处是样板的良好氛围，充分发扬中铁京新人“风沙大干劲更大，气温高斗志更高”的精神，激发新动力、凝聚正能量，团结拼搏、攻坚克难。

雅干停车区北区综合楼

以纵向联动推行党建工作标准化。针对项目远离机关本部的实际，为了便于项目部与公司的联系，项目部明确专职联络员，通过公司建立的微信群、QQ群等专项联络通道，实现了信息的及时互递。同时，项目部党工委从公司党委提出的党建工作标准化管理具体要求入手，及时对党建资料进行收集整理、分解学习和分类归档，以提升项目党建工作的标准化、精细化程度，确保项目党建工作方向不偏、内容不虚，助力施工一线。项目部党工委坚持以横向交流促进党建经验共享化，积极开展与局内外其他参建单位的经验交流、沟通联动活动，不定期组织参观互访活动。同时，积极借鉴各单位的典型做法和成熟经验，推动项目党建工作更富成效。

坚持党建工作主题“两突出”。一是突出纪律管理。项目部在员工管理方面坚持“统一领导、归口管理、分级负责、协调配合”的原则，建立协作队伍准入制和劳务人员筛选制，重点关注劳资合同管理，规范签证管理，确保员工管理处于受控状态。二是突出人身安全防范。针对京新恶劣的工作环境，项目部重点加强对员工的人文关怀和心理疏导，规范外出工作和公务活动，与地方政府、警察局、当地群众建立良好关系，做好安全风险评估，建立健全各项应急预案和防范措施。2017 年 7 月 1 日，在“沙漠戈壁党旗红，鏖战京新争先锋”党建主题活动中荣获总包部“优胜单位”及“先进基层党组织”称号。

多措并举　攻坚克难建精品

如何充分利用每年 7 个月的正常施工时间，在有限的时间内实现各项节点工期？这是一道摆在面前的难题，为此，项目部完善各项施工管理措施，强化安全质量管控体系，把工期的压力变成施工的干劲与动力，把执行力与效率作为管理者冲破工期压力的利刃，积极贯彻落实总包部“附属工程主体化、装修工程家庭化”的“质量至上”理念，多措并举，通过开展“质量月，安全月、大干月、劳动竞赛”等活动，坚持关键工序、隐蔽工程旁站制度，组织召开安全质量分析会等举措，确保各施工节点目标顺利完成。一是项目部成立了劳动竞赛活动领导小组，确定任务和目标，班子成员明确分工，落实责任；项目部与各协作队伍签订包保责任书，明确其任务和责任，每周对协作队伍施工生产完成情况进行考核及奖罚，充分调动了协作队伍的生产积极性和创造性；与各作业班组分别签订了安全质量责任书和安全质量承诺书，确保生产安全、工程优质。二是强化执行，联防联控。按照施工节点计划目标，做到超前管理、过程管控，将督查督办与考核制度相结合，在保安全、抓质量、抢工期、促进度的前提下，合理配置人力、物力资源，加大质量预控和安全联防力度，合力调整施工工序，做到各工序、各环节、各工作面互不干扰、有序推进。三是注重沟通，促进生产。项目部每天召开生产交班会、碰头会，及时总结部署重、难点工作，优化施组方案，细化节点目标，落实节点任务，并及时与协作队伍协调沟通，现场解决问题，做到目标同向、压力共担、成果共享、合作共赢，营造了和谐的施工环境，有力地促进了现场施工进度不断加快。四是做好储备，保障运行。项目部针对现场物料紧缺和机械故障时有发生的问题，要求物机部门保证现场物资供应和机械完好率，提前做好机械设备维修保养和现场物料储备工作，及时掌握物料储备与实际消耗的量差，满足现场需求，保证了现场施工正常运转。五是有机结合，合力攻坚。结合项目部开展的“三面旗帜进班组”活动，树旗帜、亮身份、做表率，充分发挥党、团员的先锋模范和突击队作用，带动广大职民工为完成节点目标拼搏奉献、全力攻坚。为此项目部荣获内蒙古自治区阿拉善盟工会组织的2016年度“京新杯”劳动竞赛施工项目分部“综合管理优胜奖”“质量进度优胜奖”。

2017年，通过以上多种举措，京新高速公路项目临白段第六项目部在6月25日全线竣工验收中以97.7分的好成绩顺利通过验收。同年7月，世界上穿越沙漠最长的高速公路——京新高速公路正式通车了，这条“沙漠天路”还被影片《厉害了，我的国》收录并展示。在人们为这条高速公路点赞的同时，京新项目上这些吃苦奉献、勇于挑战天险的中铁建设者的事迹和眼前这条凝聚汗水和智慧的公路，正见证着中国建筑事业的发展和强大。中铁人秉承着“勇于跨越　追求卓越”的企业精神，用他们辛勤的双手创造着史上一个个建筑奇迹，刷新着一个个建筑高度，铸就着一个个精品工程，传承着一代代中铁人开拓创新的精神。

（撰稿人：郭彦龙　崔永清）

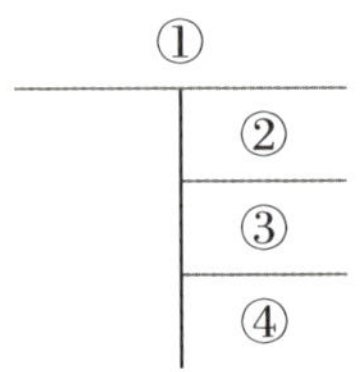

① 第六项目部主线贯通仪式

② 奔跑吧，京新青年

③ 开展“关爱员工夏送清凉”活动

④ 施工人员顶风安装硅芯管

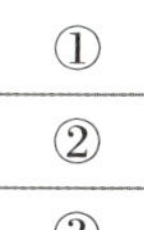

① 边防连队感谢项目义务修建“军民路”

② 第六项目部将要完工的护坡

③ 军民携手共建京新高速

①
②
③

① 现场安全质量检查

② 环境保护：不留来过的痕迹

③ 大风中坚持复测工作

情注戈壁滩

——中国中铁京新高速临白段总承包管理部第七项目部（中铁七局）建设纪实

“阵阵狂风笑着黄沙走，逍遥怒吼黄沙塞满口……”歌手赵牧阳在歌曲《侠客行》中用他沧桑的嗓音唱尽了大漠的苍凉和无比坚强的内心，感人至深。

“大漠孤烟直，长河落日圆”。这是唐代著名诗人王维描写内蒙古大漠戈壁的诗句，意境虽然壮美，但细细品来，却是饱含苍凉的凄美。

阿拉善盟额济纳旗，地处中国北疆，内蒙古自治区的最西端。地貌以戈壁荒漠为主，冬季严寒，夏季酷热，风沙肆虐，堪称无人区，环境极度恶劣。

2015 年 1 月，由中铁七局组建的中国中铁京新高速公路总包部第七项目部的近 200 名建设者，告别父母、亲人和朋友，走入这人迹罕至、浩瀚无边的荒滩戈壁，在距离内蒙古额济纳旗近百千米的戈壁腹地安营扎寨，满怀豪情地开始了建设京新高速公路的“大漠之旅”。

以快制胜：急行军磨炼意志力

京新高速公路临河至白疙瘩段位于内蒙古西部巴彦淖尔市和阿拉善盟境内，中铁七局项目部管段全长40.7千米，工程包括土石方开挖、填筑；中桥2座；通道9座；涵洞41座（其中主线38座、改路3座）；路面水凝稳定碎石层（2层）、沥青混凝土（3层）、排水防护工程、交叉工程、机电工程及沿线设施（包括交通安全、管理、养护、房建、服务设施）、绿化及环境保护工程等全部工程的实施、完成及缺陷修复。项目部由中铁七局所属三公司和路桥公司组建，以三公司为主实行“代局指”管理，路桥公司组建工区。

缺水、缺电、风沙大，平沙莽莽绝人烟。

项目施工所在的额济纳旗地区年降水量仅37毫米，全年82～142天扬沙天气，施工区段尽是荒无人烟的沙漠，电力设施缺乏。

“在浩瀚的戈壁滩，谁掌握了水、电、料，谁就掌握了施工的主动权。”2015年1月，由项目经理杨哲江和工区经理严占华带领的前期策划团队会师额济纳旗，经过初步调查，他们迅速且敏锐地把握住了前期调查的重点。

谋定而后动，一场资源搜索战迅疾展开……

高速公路各工序施工用水量大，而当地风多雨少，水源问题最为突出。最初，项目部曾主动尝试使用钻机打井。可谁想，钻机连续钻孔4天，钻出来的水5个小时就枯竭了。

于是他们又派出了好几拨人员，冒着零下十几度的严寒，披星戴月，徒步在驻地周边几十千米范围内展开了“地毯式”搜索。功夫不负有心人，他们终于找到了两处水源地：一个是距离施工现场 2 千米的几近废弃的萤石矿场，在开采留下的巨大矿坑内有可用水；另一个是 40 千米以外的天鹅湖。就这样，以每天用 20 吨的大水车从两处水源地拉水到现场的方式，基本解决了生产生活用水问题。

项目部多次与当地电力公司沟通，不惜代价，沿路架设 60 千米电力线路；走访、调查了周围几个地区的近 20 家料场，从中选择综合实力强的率先签订了供货合同。经过努力，戈壁无人区缺电少料的难题也迎刃而解。

因此，开工前的复测工作没有因为水电的缺乏而暂缓。技术人员坚持徒步 40 多千米，开展导线点、水准点、地面线复测工作。

京新高速临白段局部鸟瞰图

戈壁滩的风沙并没有因为他们的艰辛而变得柔情，尤其开展复测工作是在冬天，10天中有8天都是风沙肆虐，这给测量工作带来了极大的困难。

零下十几度的严寒里，黄沙吹在脸上像刀割一般。戈壁滩又没有避风的地方，大风卷着黄沙，有时吹得人睁不开眼睛，只好背对风头站在原地等风小一点再继续测量。只要出门，就要把自己包裹得严严实实，只能露出一双眼睛。即便戴着口罩出去，也常常是弄得满嘴沙子。

付出就有回报。在如此恶劣的环境下，没有一个人喊苦喊累，大家都铆足了劲儿，克服着严酷环境对身体和精神的磨炼，在短短10天时间里，完成了40.7千米的全部复测任务，30天内完成了驻地及拌和站建设，并在2标全线第一个完成拌和站验收。2015年4月24日，开工令发布时，项目部由于前期策划周密、行动迅速，各项工作已经远远超过了其他单位，为后续生产大干赢得了宝贵时间。

“那时候，每天脸上都得掉一层皮。”回忆起当时的情况，就连他们自己都不知道是怎么熬过来的。

传说胡杨生而不死一千年，死而不倒一千年，倒而不朽一千年。“三千年的守候，只为您的到来。”这是额济纳旗胡杨林对游客的真情呼唤。在这里，中国中铁京新人虽无暇欣赏那壮丽的胡杨美景，但却传承了胡杨顽强不屈、甘于奉献的精神，在艰苦的环境中磨炼了超强的意志力。

开工必优：高标准考验责任心

“边疆、边防战士、边防精神”，来这里之前，中铁七局项目部的员工

们对这些词语并不陌生。“重责爱岗，扎根北疆，忠诚奉献”，亲身体会了大漠戈壁的艰苦后，中国中铁京新人对这种边防精神有着更为深刻的理解和新的感悟，在他们身上也处处散发着这种重责爱岗、忠诚奉献的边防精神。

京新高速公路是连接首都北京与内蒙古西北部、甘肃北部和新疆最为便捷的公路通道，是中国北疆的便捷之路、国防之路、贸易之路、能源之路、民族融合之路、经济腾飞之路，其重大意义不言而喻。

“安全零事故，质量零缺陷，开工必优，一次成优”。对于中国中铁总包部提出的创建“安全质量示范线”目标，第七项目部胸怀大志，有着更高的标准和更严格的自我要求，他们立志要向阿拉善盟人民交上一份满意的答卷，履行自己的庄严承诺。

大风过后积淀下来的沙层，是施工过程中最常出现的“捣蛋鬼”。

一天，在桥面铺装层施工中，施工队为了减少工序，在沉积的沙子未清理彻底的情况下，就准备浇筑混凝土。“你看工人都很累了，你就睁一只眼闭一只眼吧。”带班工人说道。“必须清理干净，否则不能施工！”工区技术主管冯晓宁意识到“一时心软”会给工程质量造成极大隐患，坚决制止了这一行为，并亲自拿起气泵清理沙子，现场工人也都被他这种“倔强”的精神带动起来，本可以早点回去休息的冯晓宁和现场工人一起一直忙到凌晨5点，直至清理干净才松了一口气。

“精益求精，发扬工匠精神，从小处着眼，绝不漏掉一个细节，绝不放过一处隐患。”这是项目部安全质量管理的基本原则。因为他们坚信，千里之堤往往毁于蚁穴。

项目部副经理陈赅在一次例行质量检查中，发现桥面铺装上出现了一处十分细小的裂纹，立即安排工人重新进行收面，并覆盖土工保湿膜，足足养护了 7 天，保证了桥面铺装混凝土的质量。

在格日勒图桥梁施工中，为提高墩柱垂直度，在支立模板的过程中，3 米高的墩柱，每立一层模板，技术人员都要利用垂线工具进行反复检查，5 次校验复核墩柱中心点，立完模板再利用全站仪整体校准一遍，保证了墩柱垂直度偏差控制在 2% 以内。该桥因垂直度好、外美内实，被总包部评为“样板工程”。

“京新人”的重责爱岗，不仅体现在现场生产管理中，对技术、工艺的钻研与创新也是他们制胜的法宝。

由于额济纳旗大漠戈壁气温高、风沙大，梁体混凝土失水快，且容易被沙尘污染，严重影响混凝土强度及外观质量。为此，项目部成立 QC 科研小组，在混凝土预制件预制中优化养生工艺，通过建造储水池与场地内排水系统相连，并在梁体外罩防护棚的方法，既保证了水的循环利用，防止了沙尘污染，又确保了工程质量。这种棚室密闭喷淋养生工艺被全线推广。

在路面施工中，将用水量较大的现场洒水拌料工艺改进为在拌和站闷料的方法，既节约了施工用水，又提高了混合料拌和的质量；将旧摊铺机改造为滑模机，先用滑模机进行土路肩施工，再摊铺水稳层，一改过去先摊铺水稳层后进行土路肩施工的顺序，既加快了进度，又提高了质量；改进路缘石预制安装工艺为滑模法施工；同时，项目部还成立了科研攻关小组，与兰州交通大学合作，开展了《沙漠地区恶劣环境下高速公路路面技术研究》《沙漠高速公路盐渍土路基施工技术研究》等课题研究，在理论创新和实际施工操作方面都取得了亮眼的成绩。

党旗飘飘：特色党建凝心聚力

2015年年初，在黄沙茫茫的戈壁滩上，由3名党员带头成立的项目临建先遣队顶严寒、冒风沙，开始了一场资源搜索战……寻水、找电，仅靠着当地稀缺的资源，他们在30天内完成项目临建。后来，他们也难以想象自己是如何坚持下来的，有四句话他们一直记得："风沙大干劲更大，气温高斗志更高，缺水不缺精神，少电不少风采。"

2015年6月，中国中铁京新高速总包部"第一战役"劳动竞赛期间，中铁七局项目部党支部举行了"戈壁大漠党旗红，管理提升当先锋"党建活动启动仪式。把雅干服务区房建工程命名为"党员示范工程"，要求以党员带头模范作用为正能量，以点带面，带动整个项目施工。

工区书记孟红卫说，"党员示范岗"是一面旗帜，不只插在服务区的地面上，更是插到了所有项目管理人员的心头上。它是一种正能量的传递，是一种责任，也是一种鞭策。

李强科，工区副经理，雅干服务区党员示范岗之一，面对雅干服务区房建工程设计变更量大、工期紧张、工序繁杂的情况，他带领房建技术人员从队伍的规划，材料的供应、运输，到工作面的开展进行全过程计划和跟踪，主动促成方案变更，白天巡视房建工作面，夜晚召开碰头会，每日工作超过12小时。时常，半夜接到工作面不顺利的消息又爬起来……

"从戴上党徽和'党员示范岗'胸牌的那一天起，我就深深地体会到一种责任，每次走过'党员示范工程'公示牌前，面对重重的压力都有一种力量在心中升腾，所有的困难都变得不再如山般沉重。"李强科说道。

如今，雅干服务区的整体工程形象是中国中铁京新高速总包部用于宣传京新项目房建工程的唯一宣传图片。“党员示范岗”的旗帜鼓励着像李强科这样的项目管理精英，克服重重困难影响，团结周围同事，形成凝心聚力的干劲，使项目的安全、进度、质量十次在全线名列前茅。

2016 年 4 月 28 日，在中国中铁京新高速公路总包部党工委“三面旗帜进班组”党建专项活动号召下，项目部成立了“党员先锋岗”“工人先锋号”“青年突击队”，明确了负责人，使“三面旗帜”高高飘扬在各个施工作业面，带动项目建设者掀起大干热潮。

2015 年 5 月 25 日下午，风卷狂沙袭面而来，能见度不足两米，手机信号全无。作为“工人先锋号”负责人的张少青，第一时间组织工人躲避

中铁京新“八字理念”

风沙，自己却冒着风沙拿起一块土工布覆盖在桩口，避免风沙卷入正在浇筑的桩基内，在这场与时间赛跑的战役里，他站在风沙里，和现场工人一起手脚并用压住覆盖在桩口的土工布，坚持4个多小时顺利完成混凝土浇筑。

“三面旗帜进班组”主题活动的开展，涌现出许多像张少青、冯晓宁这样认真负责、工作扎实、成绩突出的优秀个人，真正发挥了先锋模范作用。该活动的开展直接把务虚的基层党建活动转化为了务实的生产力，带动了项目部数百名建设者掀起大干热潮，完成了一次又一次艰巨的任务。

与此同时，“创建精细化管理示范线青年突击队”“导师带徒”“项目总工小课堂”等特色党群活动使青年职工队伍的整体素质和技术水平得到了明显提升。他们研究的QC课题“防护棚喷淋养生工艺”被全线推广，撰写的《沙漠地区恶劣环境下高速公路路面技术研究》《沙漠高速公路盐渍土路基施工技术研究》等研究报告，在理论创新和实际施工操作方面都取得了亮眼的成绩。

京新高速公路是继青藏铁路后又一具有典型艰苦地域特点的代表性工程，项目部以“戈壁大漠党旗红，管理提升当先锋”“三面旗帜进班组”等党建活动为引领，进一步深化党建促生产实践，在千里无人的戈壁滩上，以党员为先锋队的建设者们用火热的青春和智慧的汗水，筑成了这条天路，是他们让鲜红的旗帜在京新高速上飘扬。

坚守戈壁：苦环境锤炼高品质

夏天，炙热的阳光、强烈的紫外线可以把裸露的肌肤晒掉一层皮；冬天，肆虐的风沙、干燥的气候可以把光滑的皮肤吹出无数道口。就在这样一个深处大漠戈壁、远离城市灯火的严酷环境里，建设者们已经坚守了五百多个日日夜夜。

2015年年初刚进场的时候，职工们半个月也洗不上一次澡，甚至几天也不能好好洗一次脸，项目书记白稳超说："大家是想把有限的水资源更多地留给生产所需。"

当时大电还没有接通，全工区20多人靠着唯一的一个火炉子取暖，晚上睡觉盖两层厚棉被才能勉强驱寒，工区书记孟红卫说："下雪的时候，为了省水，大家吃完饭就拿雪擦碗。"

"如此恶劣的环境，能坚持下来的人都是英雄！"提起项目部的兄弟们，项目经理杨哲江赞叹有加："开工以来，由于条件艰苦，施工队都走了好几拨人，可我们的职工没有一个离开的。"

赵蓓，实验室资料员，是项目部为数不多的女同志之一。2015年4月10日，由于工作需要，她把年仅5个月大的孩子留给老家的父母，来到了京新高速建设工地，一待就是8个多月，直至12月底冬休，收集整理完所有资料才随同最后一批人员离开工地。"能听到孩子的哭声也是一种幸福"，问及孩子的情况，看似坚强的她终于压抑不住思念的泪水，哭着说："那时孩子还小，不会叫妈妈。"谁又曾想到，她，还是一位单亲妈妈。

康金顺，领工员，负责项目部路面施工100多台（套）设备的总调度，2015年2月底复工来到工地，巨大的工作压力导致颈椎病复发，吃药打针效果不好，只要休息好了自然就康复了，医生建议他回家休息，可他硬是坚持在项目上吃药打针，强忍着疼痛坚持到4月21号S312省道改线段施工完毕，才在项目领导的一再要求下回家养病。

“带着伤还有去工地的，这都很正常！”项目部卫生室苏莉莹大夫说，之前工区经理严占华胃溃疡发作，疼得头上直冒汗，苏大夫劝他赶紧回家去大医院接受治疗，但是由于工期紧张，他还是咬牙坚持着：“工地忙，先给我弄点止疼药再说。”

这样的故事还有很多很多……

“以企业为家庭，视员工为亲人”，在“家文化”的影响下，为了企业大家庭，为了建设好京新高速，京新人舍小家，顾大家，付出了太多太多。

为了改善员工的生产生活条件，项目部通过设立免费卫生室、购置净水设备、为员工过集体生日、定期组织健康体检、发放藿香正气水等防暑降温用品、举办各类文体活动等措施，为奋战在戈壁滩的员工们送来了项目大家庭的温暖与关怀。

“我唯一的一次生日是在项目部过的，在这里我感受到了家一样的温暖，我很感动”，孟欣，这个刚参加工作的小女孩说：“我也曾经犹豫还要不要继续留在这里，是项目部的关心关爱坚定了我坚守戈壁滩的信心。”

浩瀚的大漠戈壁，锤炼了中国中铁京新人吃苦耐劳的优秀品质，他们就像巴丹吉林沙漠的骆驼一样，穿沙越沟，负重远行，坚信沙漠的那头就是绿洲。

全线首家路基交验、首家路面底基层完工、首家路面基层完工、首家沥青路面下面层完工、全部工程质量优良、安全“零事故”、连续 7 次获得全线综合评比第一名，这一项项“排头兵”的荣誉，是对中铁七局项目部全员辛勤付出的最好回报。

2017 年 7 月 15 日，京新高速全线通车，这条世界上穿越沙漠最长的高速公路犹如横空出世的黑色巨龙，盘旋在内蒙古茫茫的戈壁腹地，作为西北新疆和河西走廊连接首都北京、华北、东北及内地东部地区最为便捷的公路通道，必将为沿线的经济发展注入新的活力。

大漠有情，将见证京新人的如歌岁月；戈壁为证，将铭记中铁人的丰功伟绩。如今，满怀豪情的中铁七局人已转战他方，但他们的内心深处将永远记得，自己曾经坚守在这里，奉献在这里。

（撰稿人：贾迎峰　丁佳原　董志振）

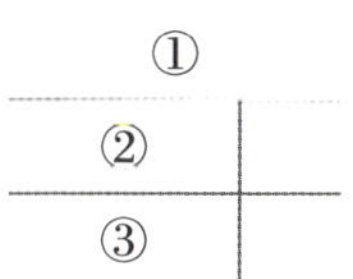

① 京新高速临白段航拍图

② 雅干服务区

③ 第七项目部首次爆破施工

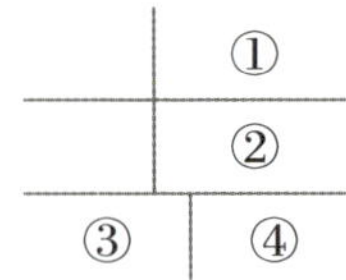

① 大漠筑天路

② 开展“三面旗帜进班组”党建专项活动

③ 雅干服务区

④ 项目启动“三争一保”党建主题活动

至精至诚 甘于奉献 在美丽京新中彰显物贸担当

——中国中铁京新高速临白段总承包管理部物供中心（中铁物贸集团）建设纪实

炎热的内蒙古自治区阿拉善盟左旗到额济纳旗，茫茫戈壁沙漠，天高云淡路远。成群成堆的骆驼、盘羊、野驴在戈壁中奔跑，成簇成团的苁蓉、锁阳、苦豆子在沙漠里生长。

就在这里，当今世界上最长的沙漠高速公路诞生了！一时间，国人欢呼，全球哗然。它的意义不仅仅是打通了中国西部大开发的又一条重要通道，还在于更进一步彰显了中国中铁人战天斗地、排除万难建设美好家园的勇气和魄力，再严酷恶劣的环境、再令人生畏的天险，也都会在他们排山倒海之势的奋斗拼搏中，丧失威风……

京新高速全长2768千米，是“一带一路”建设的标志性工程，是西部大开发、北方入疆的交通主动脉，是当今世界上穿越沙漠最长的高速公路，沿线经过北京、张家口、乌兰察布、呼和浩特、包头、临河、额济纳旗、哈密、吐鲁番、乌鲁木齐，与西亚、欧洲连接。通车后，北京至新疆乌鲁木齐的公路行车里程将比现有道路缩短1300多千米，成为“一带一路”发展战略中新亚欧大陆桥天津到荷兰鹿特丹港的重要组成部分，并将开辟一条新疆霍尔果斯口岸至天津港的最快捷出海通道，将海上丝绸之路与陆上丝绸之路相连。

中国中铁施工总承包的京新高速临白段（阿拉善盟境内）2标段，标段整体位于阿拉善盟境内，主线长352千米，连接线62千米，全线穿越沙漠、戈壁、无人区。在如此恶劣的环境下，中铁物贸集团专门筹备成立了中铁物贸内蒙古物资供应中心，抽调所属西安公司精干力量组建一支京新高速项目建设物资供应“粮草军”，排除万难，以至精至诚的服务精神和甘于奉献的品格，为京新高速这朵最美沙漠之花贡献着点滴雨露，有力承担了中国中铁京新高速总包段全部物资的供应任务，先后供应了钢材、水泥、沥青、油品、交安、机电等共计20多亿元的项目建设物资。

戈壁深处的“粮草军”

为全力配合建设好京新高速，2015年春，中铁物贸集团内蒙古物资供应中心开始进驻现场开展工作。此时的阿拉善盟，气温基本在零下20摄氏度，狂风肆虐，风夹杂着小沙粒打在脸上，像针扎一样疼。

最初，这支“粮草军”，由物供中心常务副主任郑珂，以及薛光、郭文虎、贾建光四名年轻小伙组成，大年初七就进驻乌力吉苏木，开始了一次崭新的建设历程。

为了对接项目，开始应急供应以及提前组织采购招标，顶着严寒，以郑珂同志为首的4人在到达乌力吉苏木的第二天对全线各项目部（工区）进行走访，收集临建所需主要物资并联系供应商进行应急供应。

凛冽的寒风呼呼地刮着，项目部还未建立，空旷的场地上连个挡风的地方都没有，一个电话打下来，冻得手也僵了，脸也木了，连耳朵里面都是风吹的呼呼声久久不能散去。一天跑下来，几个小伙子都是被风吹得头疼流涕。

晚上，4个人挤在旅馆的一间又脏又冷的小房间里。据说有狼，又没有厕所，他们尽量减少夜晚起来的次数，大家晚饭都没敢多吃，也不敢多喝一口水，和衣裹着被子休息。

“物供粮草军”中年纪最小的薛光想打退堂鼓：“好好的天府之国四川成都不待，我怎么就跑到这鸟不拉屎的鬼地方来了，我想回家！”

沙漠大战在即，哪儿有时间调整人员啊！几个兄弟们赶忙坐起来跟薛光谈起了心，七嘴八舌地劝他留下看看再说。一个多小时过去了，看到薛光仍然犹豫不决的郑珂来了气：“你要是个男子汉就留下来证明给我们看，你要还是父母身边长不大的孩子，明早我就安排车送你去银川……”

正是这句话刺激了薛光，让这个1989年的小伙子一下子在乌力吉苏木坚守了217天，直到国庆节才离开乌力吉苏木回家探亲。

说说薛光：他是戈壁大漠中生长的胡杨

薛光，中国中铁第三代大学生子弟兵。一个27岁的小伙子，胖乎乎的，自小在大城市中长大，参加工作也是在北京、成都和西安这样的繁华都市。

路面沥青料供应

很多人说，现在的“80后”“90后”年轻人是在福窝里长大的，进入职场后心比天高，根本吃不了苦。可是薛光，在阿拉善盟打破了这种世俗偏见。

这个从小在福窝里长大的年轻人，面对茫茫戈壁大漠也想过退缩。兄弟一句激将话，使他在黄沙漫漫的戈壁滩上把工作做得有声有色，赢得了参建兄弟单位的一致好评，也诠释了中国中铁“风沙大干劲更大，气温高斗志更高，缺水不缺精神，少电不少风采”的京新精神。

2015年年初，中铁物贸西安公司成立内蒙古物供中心，大年初七薛光就跟随大部队驱车11个小时来到左旗阿拉善盟。面对大城市的安逸生活与乌力吉苏木缺水少电、大漠戈壁的强烈反差，他在团队工友的鼓励下，不忘初心，努力前行，把这种落差当成是锻炼自己的契机，把所谓的物质上的苦当成是对自己的磨砺和人生的财富。从2015年2月26日进驻京新高速项目以来，持续7个月未休一天假。

他是京新线上的“粮草兵”

薛光分管的柴油供应工作是涉及生产和生活的重中之重。一进场，他就积极主动地联系油品公司，通过前期对全线的走访，在沿线合理设立 5 个中转油库，调动 28 台流动加油车保障现场供应。

薛光在项目临建期间，做了一件真正意义上的“雪中送炭”的好事，展现了他成熟的一面。

地处沙漠腹地的中铁九局项目部，是全线最艰苦的项目部，他们的经理说：“我不放车，谁也跑不出沙漠。”

2015 年 3 月初，中铁九局开始临建施工，施工便道尚未修通。戈壁大漠中的夜晚最低零下 20 多摄氏度，工地过夜所用电暖器全凭发电机带动。

傍晚时分，薛光接到营地最远、沙漠腹地的中铁九局项目部一个电话：“请给项目部送几吨柴油，我们没油啦！”

考虑到天色已晚，沙漠行车很危险，薛光答应第二天一早派车过去。电话那头沉默了一下，语气凝重地说道：“这么冷的天熬上一夜，那真是要冻死人的！”

听了这句话，薛光啥也没说，不顾夜晚迷路的危险，披上大衣带着加油车就冲进了黑夜里的大漠之中，一车两人愣是沿着沙漠上留下的车辙印，驱车 3 个小时赶到中铁九局项目驻地，为油罐加满油，确保了项目人员温暖过夜。

2016 年 9 月，京新高速公路建设“第二战役”正如火如荼地进行，恰逢赶上胡杨林节。运输车辆全部限行，为了保证工地的生产和生活，薛光早早开始筹划应对措施。除节前全线储备 500 吨柴油外，还准备了两套应急预案。第一套是积极与中石油阿拉善盟销售公司取得联系，依靠标准制式运油车不限行的优势来为项目进行应急供应；另一套是为防止中石油阿拉善盟销售公司运力不足，他又通过铁工油品公司，预定了宁夏炼厂的一辆标准制式运油车，随时候命。

限行前的倒数第三天，他偶然从牧民那儿听说有一条山间小路可以从吉兰泰绕到一项目部。他第一时间向副主任郑珂反映了这一情况，吃完午饭不到一点钟，俩人就急匆匆驱车前去考察。山路崎岖又没有导航，偶然看见个牧民就必须停下车仔细询问并详细记录行进路线，两个人就像拉力赛车手一样，一个开车，一个“导航”，300 千米山路足足用了 9 个小时，当回到驻地时已接近晚上 11 点，饥肠辘辘的两人吃了碗泡面就埋头写考察报告。

正是沿着这条山路，在限行期间给项目上送去了 1946 吨水泥，保证了一项目部水稳层作业不停工。

开工至今通过他的合理调度，没有出现一次因柴油供应及质量问题导致的停工或投诉。

他在戈壁深处绽放青春

生活中的薛光在同事眼中也是个正在热恋中的大男孩，女朋友是个漂亮的空姐。

大家时常开玩笑说：“薛光，找个空姐不容易，你也不休假回去看看她。”

大多数时候他都会打趣地说：“我体积大，她飞得高，我朝天上挥挥手她能看到我。”

有时大家逗他说：“她是空姐，飞跑了你可追不上啊！”

他总会一脸严肃地说：“我的工作性质就是这样，跟着项目常年在外跑，她能理解我才是我们继续相处的前提，否则她迟早会飞走的！”

在同事面前，薛光是个工作积极主动的业务老手，但在父母心中，他始终还是个需要呵护的孩子。

有一次，他姑姑出差路过阿拉善盟，要来看望他，他害怕自己在乌力吉苏木项目上艰苦的条件被父母知道而惹得他们心疼，特意向领导请假一天赶到左旗迎接姑姑，还不忘让同事替他撒谎，说在左旗吃住和办公条件很好，工作相对轻松，让长辈们放心。

其实，在物供中心熬夜加班是家常便饭，一天开车五六百千米跑十多个工区去办理结算也是很正常的事情。平时生活上，停水一周无法洗澡也是常有的事，更何况因为驻地房屋老旧，取暖设施不齐全，夏天屋顶漏雨打湿被子，冬天走廊里洒水结冰或水管冻裂，但这些在薛光眼里已经不是困难了。

薛光这个乐观的小伙子，在这大漠中，积累了工作经验也增加了人生阅历，得到了领导和同事们的认可，还获得了总包部授予的“优秀工作者”的荣誉称号。

他就像一颗在沙漠中生长的胡杨，顽强、勇敢，再大的风吹雨打，再多的艰难困苦，他都能勇于面对！

大事小事千万里，亲情温暖中铁京新人

中国中铁京新 LBAMSG-2 项目总承包管理部物资供应中心（内蒙古物供中心）是中铁物贸公司委派中铁物贸西安公司在京新高速项目设立的物资采购供应服务机构。物供中心负责中国中铁全线 7 个项目部 18 个工区的生产物资集采供应（钢材、水泥、柴油、沥青、交安、机电设备等）以及项目部授权采购物资（沙障、声测管、花岗岩等）的供应工作，同时承担着部分生活物资的供应。

在全线走访和在乌力吉苏木寻找办公驻地的过程中，物供中心的员工们发现整个施工沿线都是缺水少电、交通不便、物流极其不发达。

有人提出："我们自己采购生活用品的时候，要不要捎带着给需要的项目部也采购？"

也有人认为，物供中心做好集采物资这一本职工作即可，何必给自己找那么多活儿。

50 多岁的郭文虎站了出来说："我平时就是给大家开车，也没多忙，你们忙大事，这些杂七杂八的小事交给我老郭好了，咱多做一项服务，就能拉近和项目部的关系。"

于是，生活物资这一重任就由这个西北大汉一肩挑了。

既然要做，就要做得漂亮，打出"中铁物贸"的品牌。物供中心集思广益，针对项目特点，不断丰富生活物资服务内容，形成了"加满后备厢""亲情通勤班车""放心菜篮子""爱心快递服务站""办公用品一站式采购"五个"情系京新"特色活动，并在驻地布置出一间屋子作为生活物资供应站，堆放米面油、小商品等；在阿拉善盟左旗挑选了一家便利店作为合作单位，为项目部接收快递；又购买了一辆宇通中巴车作为通勤车……

截至 2016 年 7 月，物供中心为各项目部代购办公用品、日用品、小商品费用总计 130 多万元，给项目部采购配送米面油、果蔬等 1800 多千克，为项目上搬运桶装纯净水 5400 多桶，收发快递 24000 余件……

说说老郭：戈壁深处的"陀螺"

如果你问中国中铁京新高速各项目部"郭文虎"是谁？恐怕大多数人都说不清楚，但如果你问各项目部"京新老郭"是谁？大多数人都知道这是个

50多岁、黑黝黝的西北大汉。

在中国中铁京新高速建设战线上，“京新老郭”既是郭文虎这位物供中心的普通员工，又代表着一个响当当的名词“情系京新”。中铁物贸的品牌“加满后备厢”“亲情通勤班车”“放心菜篮子”“爱心快递服务站”“办公用品一站式采购”的打造，也离不开郭文虎同志辛勤的付出。

粮草先行：我能行

京新高速位于内蒙古自治区阿拉善盟境内，穿越茫茫戈壁300多千米，人烟稀少，水源奇缺，环境恶劣。为了能丰富参建员工的生活，让员工们吃上放心菜、喝上干净水，方便大家购物、出行，物供中心开展了“办公用品一站式采购”“加满后备厢”“亲情通勤班车”“放心菜篮子”“爱心快递服务站”五项情系京新活动，50多岁的郭文虎作为物供中心生活组组长，这一重担由他一肩挑了起来。

从2015年3月来到乌力吉苏木的500多个日日夜夜，他带领生活组代购办公用品、日用品、小商品费用共计百余万元，给项目部采购配送米面油、果蔬等数千千克，为项目上搬运桶装纯净水5400多桶，收发快递24000余件，在平凡的岗位上，他不辞辛劳，往返奔波于巴彦浩特镇和乌力吉苏木施工现场，累计行车近10万千米。50多岁的他患有高血压和腰椎间盘突出，却从没有一句怨言，像一个永不停歇的陀螺，永不停歇地为中国中铁京新高速奉献力量。

兵马未动，粮草先行。确实，这里面，有郭文虎付出的太多艰辛和汗水。

当有人问他：“你这么大年纪，能行吗？”

郭文虎说：“三十几年的工程单位生活，习惯了，我能行。”

他有急事：我能顶

“施工进度这么紧张，后勤保障我决不给你们掉链子。”这是郭文虎常挂在嘴边的一句话。

2015 年 8 月，通勤车司机贾建光师傅的父亲去世了，他急匆匆地赶回了老家。

按照中铁京新物资供应中心前一天发出的通知，这天早上 9 点通勤车要准点发车。发车前，各工区职工陆续赶来乘车，看到这种情况，郭文虎二话没说，快速将物供中心的 7 座商务车收拾干净，在后备厢装上 10 来个纯净水空桶，收拾好要代寄的邮件，立刻载上乘车职工赶往左旗。第二天，他又拉上返回工地的职工和数十个快递以及 10 来桶纯净水返回了乌力吉苏木。他到达物供中心的时候，大家看到后备厢的情景，都惊呼道：“老郭，你把咱的高档商务车当成了五菱宏光了。”

在通勤车司机贾建光请假期间，郭文虎在完成自己的工作的同时承担起了跑通勤车的重任。

服务他人：我很乐意

物供中心到 2016 年 7 月，共计收发快递 24000 余件，大家只知道每个包裹快捷、安全、完好无损地到达了收件人手中，却不知道这背后还隐藏了很多故事。

物供中心于 2015 年年初，在阿拉善盟左旗挑选了一家便利店作为合作单位，专门代收代寄快递。便利店的老板是初次创业的两个“90 后”，郭文虎手把手地教他们如何稳妥地邮寄信件，如何接收、登记、交接快递才能做到准确无误。

中国中铁京新高速形象

在工作过程中，因个别收件人对物供中心代收快递流程不了解，对便利店的工作产生了误会，对便利店两个年轻创业者恶语相加，致使便利店的创业者打起了退堂鼓。

郭文虎得知此事后，第二天一早驱车匆匆赶到左旗，安抚了两名年轻人，并帮助他们优化收发流程，又对左旗的八九家快递公司逐一进行走访，讲事实摆道理，与他们进行沟通，费尽口舌请求他们对物供中心开展的爱心快递站给予支持，对便利店的工作给予一定的帮助。两天下来，一场危机悄然化解，物供中心“爱心快递服务站”的工作又顺利开展了。

项目上每个收件人收到一份快递，就收到一份心情，郭文虎同志也看到一份喜悦。

孰轻孰重：我知道

郭文虎既是生活组组长，又担任物供中心司机一职。

2016 年 9 月 28 日，是郭文虎女儿出嫁的日子，可此时恰好赶上每月下旬物供中心开始与各项目部办理结算，郭文虎一直开车带着业务员薛光挨个工区办理结算签认，只字未提回家的事。直到9月22日，大家突然意识到，这个马上要当老丈人的大汉，还和老伴儿在乌力吉苏木为参建项目服务着，第二天上午老两口才在大家的再三催促下，辗转银川坐上开往西安的火车。

生活中，郭文虎是个热心肠、有爱心的好同志，平日里大家有个头疼脑热什么的，他总是奔前忙后的，送医院、买药等，谁的办公室的灯泡坏了、门锁坏了、桌椅坏了、水龙头坏了，只要他知道的，都会热情帮助，空闲时间与大伙儿谈笑风生，拉拉家常，幽默风趣得讨人喜欢。

“大家出门在外，帮个忙有什么，后勤工作做到位了我才舒心，我们都在一个锅里吃饭，就是要相互帮助嘛”，郭文虎经常操着一口陕西口音这样说道。

没有轰轰烈烈的壮举，没有任何豪言壮语，秉承着中国中铁京新高速“勇于挑战的航天精神，重责爱岗的边防精神，甘于奉献的胡杨精神，吃苦耐劳的骆驼精神”的四种精神，郭文虎在平凡的岗位上默默耕耘着，在平凡的生活中默默奉献着，以一颗赤诚的心塑造着动人形象，为京新高速的顺利贯通保驾护航。

物资保障使正面战场旗开得胜，高奏凯歌

“海至尽头天是岸，山到高处人为峰”。物供中心坚定了努力制胜的信心，在每个人的心中树立起争创样板工程的决心。不遗余力注重物资供应的品质以及文明形象。

2015 年，面对全线施工大干白热化，物供中心积极协调各方关系，科学组织现场供应，先后对 19 类主要生产物资实行集中采购供应，其中，钢材 5 万余吨，水泥 48 万余吨，柴油 3 万余吨，土工材料 700 多万平方米。

在春季征地纠纷阻挡、夏季雨水淹没道路、秋季“胡杨节”封路等众多困难下，通过积极协调各方关系，科学安排供应储存方案，从未发生过一起重大停工待料事件，三次受到总包部嘉奖。截至 2015 年 12 月底，物供中心为京新高速公路项目集中采购供应物资总金额 5.55 亿元，集中采购供应价格与内蒙古交通厅同期发布的信息价格相比，为项目降低采购成本显著，且经营零安全事故，零风险事件，创造了明显的经济效益，受到了各级领导的一致好评。

中铁京新物供中心主导谈判，促使了水泥厂和油品公司免费为全线提供水泥罐 101 个，储油罐 35 个，隐形成本降低两百多万元。物供中心针对 312 省道路窄、车多、事故频发的现象，为了尽可能地让施工生产不受待料影响，数次对水泥、柴油等物资承运商进行道路安全宣传，强化安全、准点意识，确保物资及时供应；对特殊时点、特殊事件有针对性地制订保供措施。

说说郑珂：一颗种子的力量

郑珂是中铁京新高速公路物资供应中心副主任，常年工作在内蒙古阿拉善盟左旗乌力吉苏木戈壁大漠中，也就是中国中铁京新高速公路项目工地。2016 年 7 月，被中铁物贸党委和中铁京新党工委同时评委“优秀共产党员”。

他是一颗种子，在戈壁大沙漠中扎下根基

2015 年大年初七，郑珂到西安公司报到第二天，组织安排他上中铁京

新临白段项目。这对他来说，既是挑战，更是命令。作为一名党员，“服从命令、听党指挥”。他啥也没说，即刻启程，驱车奔赴工地。

京新高速公路阿拉善盟段目前是亚洲最大的单体公路工程项目，全长930.6千米，中国中铁承建其中352千米正线和62千米口岸连接线，位于内蒙古最西端的阿拉善盟境内。中铁物贸负责给参建的中国中铁7个项目部18个工区集采供应生产和生活物资。

阿拉善盟是一望无际的戈壁沙漠，人烟稀少、水源稀少、沙尘暴经常光顾。7个项目部之间距离都非常远。物供中心设在乌力吉苏木。如果青藏铁路工程是在高寒缺氧情况下，人类在中国铁路建设历史上创造的伟大壮举，那么京新高速阿拉善盟段工程，就是在沙漠缺水少电情况下，人类在中国公路建设历史上创造的又一伟大壮举。

乌力吉苏木是面积7000平方千米，户籍人口800多人的小镇，那里起初只是为了方便沿途大车司机歇脚的地方，根本没有售卖生活物资的商店或市场。

刚到乌力吉苏木，首先是建驻地。经过现场调查、认真选址，郑珂租下了乌力吉苏木一处废旧的卫生院作为办公地点。形象就是士气，形象就是品牌。他们按照中国中铁标准化项目部建设要求，旧院粉刷一新，LOGO上墙，管理制度上墙，以最快的速度正式挂牌营业。

人常说：“兵马未动，粮草先行。”各工区要在戈壁沙漠中安营扎寨，吃喝拉撒成为首要问题，保证生活物资供应是头等大事。

为了让大家能安心工作，郑珂和物供中心的员工驱车前往270多千米外的阿拉善盟左旗，购买桌椅板凳、床品被褥、工装、安全帽等生活用品和办公用品。一趟一趟地跑，在不到半个月的时间内，来回折返达5000多千米，

保证了各种生活物资在最短的时间运到戈壁沙漠中的所有项目部。

物供中心是个“粮草军”，2015 年 5 个人（4 名员工加老郭媳妇一个家属），2016 年加上系统设备事业部共 8 个人。他们最长的在那里坚守了 217 天，最短的在那里也坚守了 70 天。这种坚守靠的是这四句话：“风沙大干劲更大，气温高斗志更高，缺水不缺精神，少电不少风采。”

他送去亲情，收获了信任

中铁京新项目总产值 86.91 亿元，郑珂和他的团队用管理和服务、用智慧和汗水，供应生产物资总额已经突破 12 亿元。

物资采购供应工作中成本控制是关键。他清楚地认识到集采工作降本增效的意义，从收集物资需求总计划开始，认真钻研招标文件，合理设置限制条款，在保障物资质量的同时，最大限度地降低采购成本。全线钢材、水泥等主材平均降造在 13% 以上。

沙漠中工作，孤独寂寞，谁不想家想亲人。可是所有的快递只能到左旗，要到项目部、到职工手里困难重重。他们免费开通“爱心快递服务站”，把快乐和幸福送到职工手中。截至 2016 年 7 月，“爱心快递服务站”共收发快递 24000 余件。

生活物资保障牵动着每一名员工的心。郑珂征求各工区意见，开展了“加满后备厢”“亲情通勤班车”“放心菜篮子”“办公用品一站式采购”等“情系京新”特色活动。为了保证蔬菜和肉的新鲜，他亲自在左旗农贸市场挑选放心供应商，亲自开车送到配送最困难的沙漠深处的项目部。

物供中心肩负着中铁京新全线主材的采购和供应职责，廉洁关系到每个人的政治生命线。在这个“高危”的行业中，他时刻提醒自己，作为一名党员廉洁守法要牢树心中。近两年来，郑珂和物供中心员工找准位置，做好服务，着力打造“廉洁文化、共赢文化、服务文化、奉献文化”四个特色文化，中铁京新物供中心被中国中铁评为“项目文化建设示范点”。

中国中铁京新高速形象航拍

以郑珂为代表的中铁物贸人和中铁京新总包部、兄弟单位，共同培育出了“勇于挑战的航天精神，重责爱岗的边防精神，甘于奉献的胡杨精神，吃苦耐劳的骆驼精神”，这响彻云霄的四大精神。

他或许亏欠家人，但他坚信八字理念

郑珂的家在西安，京新高速开工时孩子刚满 3 周岁。从开工到休工，他回过西安 4 次，时间总共不到 10 天。两次是回公司开会，一次是因为公司调研。唯有一次主动请假回家，是他答应儿子：一定牵着他的手，亲自把他送去幼儿园。那次，他确实亲自送了，但之后每天接孩子的都是孩子的妈妈。

长时间的外出工作，导致年幼的孩子不愿在电话中与他说话，他和爱人通电话时，让孩子和他说说话，孩子只讲“爸爸好”“爸爸再见”。这七个字，就像针扎在他心上一样。

虽然内心饱含着对家人，特别是对孩子的亏欠，但他坚定地认为：他的儿子一定会知道，他的爸爸一定会长成一棵参天大树，为父母和妻儿遮风挡雨，成为他们最坚实的依靠。

郑珂用自己的行动诠释着“感恩、责任、奉献、卓越”中铁京新的八字理念。

“中铁物贸”品牌在中铁京新阿拉善盟树起来了

正是用这种管理和服务、智慧和汗水，中铁京新物供中心牢牢树起“中铁物贸”的品牌，创造了一个个奇迹。

这支“粮草军”在交通运输极度困难、物资供应厂商分布分散、自然环境严酷恶劣的情况下，在 2016 年复工的 5 个月中，实现产值 6.89 亿元的好成绩，月均产值超过了 1 亿元！

这支“粮草军”在物资集采供应中始终坚持采购公开、透明、总包效益最大化，工作期间对全线钢材、水泥、沥青等 21 种主要物资在中国中铁采购电子商务平台上进行公开招标，舍掉供应商环节，物资供应价格比照项目合同结算价格降低 20% 以上，比照内蒙古交通厅同期发布的公路材料信息价降低 10% 以上；交安、机电产品更是降低 30% 以上，大幅降低了采购成本，实现了股份公司集中采购降本增效的目的。

这支“粮草军”情系京新，用服务文化和实际行动赢得了各方的点赞。由他们发起并组织的亲情班车，先后累计发车 430 多个班次，为项目部运送桶装水5400多桶，代收代寄邮件（快递）24000余件，为各项目部集中定制工装3600多套、反光马甲12100多件，采购安全帽500余顶，采购交通安全设施18类共计3836件，制作各类宣传标语牌2867块，为项目部代购办公用品、小商品等费用共计130多万元，采购米面油等1800多千克。累计为各项目部小汽车加油卡充值536万元。

这支“粮草军”不光是物资供应服务做得好，政治建设也不示弱，党建联建功课一点儿也没有落下。他们积极开展“诚信敬业”道德讲堂、“三严三实”“两学一做”等党建活动，积极学习《党章》和《习近平总书记系列重要讲话》，认真抄写《党章》，撰写学习心得，努力提高自身党性修养，从思想上为“阳光采供、绿色品质、情系京新、奉献爱心”保驾护航。

这支“粮草军”战天斗地、排除万难、一心为了“沙漠之花”，用心中的满腔热血和有力的行动，出色地完成了物资供应任务，有力保证了全线各参建单位员工的生产生活物资需求，获得总包部、地方政府、各参建施工单位的高度认可。累计获得总包部奖励109万元，先后被中国中铁评为“项目文化建设示范点”，被总包部评为“京新高速项目党建优秀单位”。物供中心郑珂、薛光、蒲明飞、郭文虎、贾建光五名同志分别获得总包部“优秀共产党员”“先进生产者”“先进工作者”“感动京新先进人物”等荣誉，郑珂同志还荣获阿拉善盟交通局“京新高速建设优秀管理者”称号。

这支“粮草军”以至精至诚的服务精神、甘于奉献的品格和扎实有力的脚步，有力诠释了中铁物贸物资集采供应的品牌和信誉，贡献了中铁物贸的专业力量，在最美京新的画幅中，写下了中铁物贸浓墨重彩的一笔。

（撰稿人：中铁物贸党群工作部）

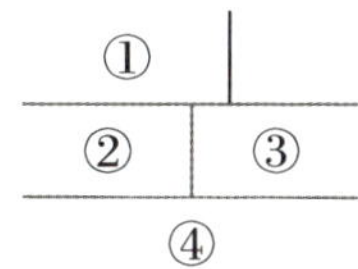

① “物供党旗红，岗位争先锋”主题实践活动

② 倾情服务，为各项目部优收、寄快件

③ 加强作风廉政建设，杜绝物资管理腐败

④ 物供中心邀请独山子研究院专家做改性沥青培训

戈壁深处筑新路　西域襟喉扬美名

——中铁一局京新高速明哈段 MH-7 标建设纪实

在 G7 京新高速明哈段，中铁一局集团第三工程分公司先后担负了一期工程第三合同段和二期工程第七合同段总价 5.8 亿元的建设任务，管段全长 40.2 千米。一期工程第三合同段总价 2.57 亿元，于 2010 年 8 月 30 日进场施工，2011 年完成线下路基及涵洞主体工程施工，2015 年 10 月完成沥青中面层摊铺任务，首家如期实现业主一期工程各项建设要求。二期工程第七合同段总价 3.226 亿元，于 2015 年 11 月 17 日开工，2017 年 6 月 10 日土建工程全面完工，2017 年 6 月 20 日按照业主指挥部节点要求管段如期交验，圆满完成了明哈段各项建设目标。戈壁深处吃苦奉献，栉风沐沙八年艰守，不忘初心砥砺京新明哈梦。已完工程安全、质量、环保、进度全面受控，取得了优异的经济效益和社会效益，精彩展现了中铁一局人“诚信创新，永争一流”的企业精神。

艰守戈壁　吃苦奉献　干完一期再干二期

G7京新高速是国家高速公路网规划的第七条“放射线”，线路全长2582千米，被誉为“我国西北便捷的大通道”和“世界穿越沙漠最长的高速”。G7京新高速新疆境内明哈段（甘肃明水至新疆哈密）全长188千米，是继连霍高速公路之后连接新疆与内地的第二条高速公路，也是霍尔果斯口岸至天津港北部沿边的最快捷出海通道。

新疆哈密素有“西域襟喉，中华拱卫”和“新疆门户”之称，自古就是丝绸之路的咽喉。哈密市东南方向、312国道约90千米处有一个小镇子名叫骆驼圈子，这里就是京新高速明哈段的起点。2017年6月30日G7京新高速内蒙古、甘肃、新疆“联动”提前全线通车。这条新疆哈密人民期盼已久的惠民畅通工程，犹如飘扬在祖国西部、联结古今丝绸之路的一条耀眼缎带，成为拉动新疆经济建设砥砺腾飞的强大引擎。

距离骆驼圈子以东50千米的烟墩、苦水风区如今已变成了一个巨大的风力发电场，数十家风力发电企业落户此地。这里四季风沙不断，八年前曾是一片茫茫戈壁，没有路、没有水、没有电、没有网络信号、没有人烟。中铁一局三公司筑路人就是在这样一个“五无”的区域里，拓荒前行，开启了他们建设大美新疆的执着梦想！

“狂风大我们决心更大，沙暴强我们意志更强，戈壁苦我们不怕吃苦，天山高我们标准更高”。这句气势磅礴的口号就是中铁一局三公司明哈项目部负责人常文军八年前带领参建员工进军戈壁荒漠、战天斗地、拓荒筑路的不悔誓言。

项目部负责人常文军至今难忘2010年8月30日5时30分，与项目第一批人员在哈密集结，跟随设计代表、业主指挥部人员乘车前往项目部所在地查看交接线路中桩的情景。他们从哈密出发，艰难穿行戈壁约 10 个小时，即将天黑时方才找到一个设计中桩。在返回的路途中为了多了解一些实地情况，常文军的车没有追上前车。手机没信号、车载 JPS 定位系统失灵，无法与其他人取得联系，他成了迷路者。晚上 11 点，常文军才发现一座大山，凭借大山的影子最终摸索找到了一条矿道，方才跑出了戈壁。

更有令人哭笑不得的事。据项目总工党江涛介绍：一次项目部雇了外面司机，从哈密附近调运砖头。他们早上出发，当时便道未通，须不断绕行，一路颠簸又没有参照物，越走越荒凉，眼看离项目驻地就剩 5 千米了，天又快黑了，司机却死活不肯走了。即便项目人员提出多加钱，司机还是掉头跑了。

2015 年 3 月 31 日 12 时 30 分，驻地发生了一场罕见的强风暴。风暴持续长达 17 小时，最高风力 10 级以上。据当地老人讲：像这样强的风暴，1987 年曾发生过一次，20 多年来，这是第二次。项目部办公区十几间活动板房瞬间消失在了戈壁中，风暴期间员工们戴着口罩在宿舍避难。

项目部曾三次邀请专家检测管段地下水情况，三次得到相同的结果：该区域地下 100 米内没有水。再三比选之后，生活用水只好从 50 多千米外的骆驼圈子镇取水，施工用水从 26 千米以外的山沟埋设管道引水。

“白天日光浴、晚上做沙疗，喝水百里取、吃饭半两沙，电话跑着打、用电自己发，要问图个啥、幸福你我他”。明哈员工中流传的这句打油诗就是对一期施工生活的真实写照。事实证明在明哈高速的建设过程中，“艰苦不怕吃苦”已经成为三公司参建员工诺守的“明哈”精神。

在将近 8 年的不懈艰守和砥砺奋斗中，中铁一局三公司建设者们历经了明哈一期跑步进场的峥嵘岁月，见证了明哈一期工程缓建停建、资金紧缺、工程

进入“冷冻期”，项目部依靠打工养活队伍、维系生产的艰难日子。最为庆幸的是通过一期工程6年时间的艰苦努力，项目部获得了地方政府和新疆维吾尔自治区交通系统的多次致函表扬和通报嘉奖，连续多年赢得新疆维吾尔自治区AA级信誉评价，用“不抛弃、不服输”的顽强毅力赢得了明哈二期工程，续写了中铁一局人区域化经营“干好在手工程，以现场保市场”的壮丽篇章。

挑战极限　战胜自然　营造良好生产生活条件

项目部管段有一个戈壁小峡谷叫“野狼谷”（参建员工起的地名），谷中有一棵神奇的胡杨树，树高约3米，树身是一张枯萎不堪的树皮，树皮中间还有一个直径约20厘米的枯洞。这棵树四季枝叶茂盛，孤身坚守在“野狼谷”东侧，傲然地展示着它旺盛的生命力。在明哈工地慕名参观过它的人都说这就是中铁一局三公司筑路人“艰守”精神的象征。

中铁一局三公司人坚守戈壁

2015年，为了尽快完成一期工程，并为二期工程大干快上做好充分准备，项目部集思广益把解决电、水、网络问题列为项目部头等大事。借助多方人脉关系先后联系了几家通信公司，最终征得中国移动的支持和帮助，实现了管段信号畅通和信息化办公全覆盖。班子成员绞尽脑汁、积极对外沟通，借助当地电力部门联系上附近某家风力发电单位，于2015年5月实现了大电接通。在项目部大电接通的那一天，项目部员工自发买来鞭炮和酒菜，像过重大节日一样放声歌唱。

为了解决工程用水问题，项目部对一期工程红柳沟取土场有水地段进行围堰，创造了被称之为“中铁一局湖”的戈壁奇迹。二期工程建设中，项目部花费30多万元聘请当地戈壁打井高手，勘探17个探点，打出160米的深井，从根本上解决了工程用水和洗澡、洗衣用水困难。针对深井水质检测大肠杆菌超标的情况，项目部安排专用水车从50千米以外的小镇子上拉运生活用水，结合定量配发纯净水，保障了参建员工的安全用水。

项目部对大院进行整体规划和局部绿化，栽植了茂盛的白杨、榆树和红柳；建造了小卖部、理发室、医务室、阅览室、活动室、篮球场、广播室、心理咨询室、洗澡堂、洗衣房，昔日寂寞的戈壁员工们听上了铿锵有力的秦腔，洗上了缓解一日劳累的热水澡。三伏天有空调、电风扇消暑，寒冷的冬天有了干净舒适的采暖设施。

凭借勇于战胜自然的坚强信心，中铁一局三公司明哈建设者积极挑战一个又一个“不可能”，不仅变“五无”为“五有”，而且“三工”建设以“符合业主标准化手册相关要求，结合戈壁特点因地制宜建设”成为明哈高速其他参建单位学习的表率。项目部工地试验室全线验收获第一名；项目部场站和驻地标准化建设在全线推广学习；项目部“家”文化建设荣获中铁

一局“模范职工之家”。

砥砺奋进　真抓实干　提前实现工程工期目标

2015 年 11 月二期工程中标后，项目部始终秉承“顾大局、算大账，统筹部署；抓细节、早投入，均衡生产”的施工理念。充分利用参建一期工程积累的优势资源，快字当先，迅速展开“三工建设”和施工前期准备工作，于冬休前顺利完成了施工前期各项准备工作和既定冬季施工目标任务。为来年顺利复工奠定了良好的基础。

2016 年 3 月 16 日，根据业主指挥部要求，超前思维、提早复工，快马加鞭、同步展开场站建设和路基土石方施工，全速进入生产状态。积极落实新疆维吾尔自治区交通厅“质量年”活动、“稳增长、促投资、大干 60 天”劳动竞赛活动，以及业主指挥部“做表率、当先锋”劳动竞赛活动相关要求，贯穿全年。先后组织开展了“大干 100 天，确保管段路基土石方完工”和“大干 60 天，确保二期沥青中面层年内如期完工”两个阶段性劳动竞赛，有效激励了参建员工的劳动主动性和积极性，并于 2016 年 10 月 22 日沥青中面层主线全面贯通，提前实现了年度工程建设进度要求和 8000 万元追加投资任务。2017 年，项目部快马加鞭进入在建工程攻坚冲刺阶段，按照指挥部节点要求，于 6 月 10 日土建工程全面完工、6 月 20 日管段如期交验，圆满实现了明哈高速各项建设目标，工程完工时间比合同工期日（7 月 15 日）提前了一个月；通车时间比合同工期日提前了 16 天。

2017 年年底，项目部被 G7 京新高速明哈段工程指挥部授予“G7 京新高速明哈段建设先进单位”荣誉称号。项目负责人常文军、总工党江涛被评为“G7 京新高速明哈段建设先进个人”，项目安全总监李俊颜被评为“G7 京新高速明哈段建设安全质量管理先进个人”。

勤俭持家　精细管理　努力实现效益最大化

古人云：旱则资舟、水则资车，贵出如粪土、贱取如珠玉。项目管理也如此，不同的建设形势和资金状况下，必须要有不同的应对策略，这才是“勤俭持家、精细管理”。

项目部坚持勤俭持家理念。2011 年至 2013 年，明哈一期工程因“未批先建”进入“缓建、停建、资金短缺”的非常时期，据项目总工党江涛回忆：2011 年年初，新疆交通厅对所属公路局和建设局进行整合，明哈项目业主由公路管理局变更为建设管理局。新业主一上来，便重新提出要求。更为严重的是，2011 年 5 月明哈项目建设资金也开始紧缺起来，业主下达的任务不明确，全线各标段一直处于干干停停的状态。以 2011 年和 2012 年施工为例，项目部主要是进行土方、结构物施工，桥涵上架设梁板，而水稳、沥青下面层施工全线 40 千米才铺了 5 千米。面对严酷的建设形势中铁一局三公司明哈项目部参建员工没有气馁，他们把“办法总比困难多”视为了扎根戈壁、自谋出路、节俭增效的行动指南，项目部相继出台多项节能增效制度将“勒紧裤腰带过日子”的观念植入员工心中，积极组织人员自力更生筛料备沙。同时，坚持“不放弃、不抛弃”的市场理念，不等不靠、主动参与风电和当地各项大小投资建设，给尾随筑路人脚步走入烟墩、苦水风区的十几家风电企业打工修便道、承建风塔基础；给风电和哈（密）额（济纳旗）铁路参建单位供应成品混凝土；参加哈密市政应急工程。一期工程建设的6年里，项目部二次经营增创产值达2000多万元。勤俭持家的理念为项目注入了厚积薄发的强大力量。

项目部坚守央企社会责任。2015年在业主赶催一期工程进度的情况下，8月27日，项目部受命承揽了哈密市一项近千万元的政治工程，即哈罗公路改移工程1.3千米的二级公路施工任务，主线限定于9月20日10时以前开通，施工工期刻不容缓。接到任务后，在不影响明哈高速一期工程路面施工的情况下，参建员工积极行动仅用25天完成了这一应急工程，主线沥青混凝土面层摊铺贯通时间比既定节点提前了1个小时。任务完成后获得了名利双收的好成效。哈密地区行政公署和地区交通局在致函嘉奖中，用“充分展现了中铁一局人‘招之即来、来之即战、战则必胜’的亮剑精神”对明哈项目部管理团队和参建员工给予了高度评价，授予中铁一局明哈项目部“应急抢险先进单位”荣誉称号。哈罗公路改移工程从此也成为地方交通建设系统夸奖中铁一局国企风范、敢打硬仗的经典案例。

项目部高度重视成本管理。新疆地区因气候特点所致，疆内施工项目每年普遍存在1～3个月的冬休期，冬休期建筑市场大都处于阶段性停建状态，这一时段因冬季产能过剩建材价格普遍下降，来年开春2月左右均为价格最低点，而3月后价格就会逐月递增。项目部瞅准这一有利时机，在材料价格最低时段利用银行承兑汇票对沥青、钢筋、水泥进行锁价，既有效解决了材料冬储问题又显著降低了工程成本。根据历年经验和对市场的准确研判，2015年年底项目部就对明哈二期七标2016年所用沥青、钢筋、水泥提前进行了价格锁定，三项累计节约成本398.4

建成后的京新高速明水（甘新界）至哈密段高速公路形象

万元。

在明哈项目，类似这样提前锁价或通过合同谈判预先采购物资、降低成本的例子不胜枚举。8 年来，项目部始终把加强成本管理视为立身之本。通过定期召开经济活动分析会确保开支流动合理，积极强化项目责任成本管理；通过优化施工组织方案、物资设备采购方案降低成本开支；严格执行公司分包方准入和注册规定，选用合规合法；严格按照公司限价进行劳务分包。物资设备管用规范有序、工程经济管理措施有力，从而确保了建造合同的有效执行，为项目合规经营创造了良好条件。

8 年坚守，项目部共计实现二次经营 3920 万元，其中一期工程 3500 万元。项目部一期工程第三合同段最终盈利 3800 多万元，二期工程第七合同段盈利达 9000 万元。

坚守底线　严抓细管　安全质量环保全面受控

在G7京新高速明哈段建设中，项目部始终坚持从“员工生命、用户安全、企业生存、个人发展”的高度认识安全质量的重要性，健全安保、质保、环保、水保管理体系，完善各项规章制度，认真执行公司安全质量风险抵押金制度，以及班子成员和专职安全员跟班作业制度，全面落实过程监督检查要求，坚守底线，不碰红线。

安全管理中，项目部认真贯彻“安全第一、预防为主、综合治理”的方针，层层签订安全生产责任书，层层分解管控指标；修订各类应急救援预案，制订安保、环保、消防措施；建立党员先锋岗、群众安全生产监督员、青年安全生产监督岗、党群协理员等群防群控联动机制，有效落实班组长安全质量责任制，按照相关要求开展工作，加强培训教育，强化自我防范，遏制“三违”行为，形成了全员参与、全员监督的工作格局。深入开展“安全月”活动，“夏送清凉”活动，组织员工健康体检，维护职工健康，促进安全生产。安全管理工作始终全线领先，并在质监局、执行三处和指挥部多次检查中受到表扬。

质量管理中，项目部严格遵守新疆维吾尔自治区《公路建设标准化管理手册》有关要求，优化施工方案、加强技术措施，狠抓过程管控，规范组织施工。落实技术交底制度，确保工序施工过程中要害控制点和关键注意事项落实到班组、现场管理人员和作业人员。执行重要工序首件制，在对施工方案专家评审、技术数据试验论证的基础上进行经验总结，推广运用。落实“三方共检”制度，严把进场材料分批、分次、分类检测关；严把配合比优化和混凝土强度检验关，并对施工用水进行水质化验。坚持“上道工序未经检测合格不能进行下道工序施工”的原则，突出抓好“路基填料易溶盐检测、路面沥青储备原材料检测、抗车辙剂添加新材料运用、大风低温天气摊铺施工、混合料摊铺层间结合”等关键管控环节；着力解决“施工温度、碾压工艺、松铺系数、压实度、平整度、渗水系数、黏结力”等技术攻关难点。分派技术员、质检员跟班旁站，确保现场专人监督。在月检、周检过程中，对路面摊铺过程中出现的问题及时召开专题会议，按照“五定”原则给予整改。强化全员文明施工意识，遵守作业流程，多措施、多手段规范推进安全文明施工，管段“土路肩施工工艺”以及“养生毡覆盖洒水养生工艺”在全线进行了学习推广，工程质量得到了业主和监理的充分肯定。

在环保、水保管理中，项目地处国家公益林保护区，自然条件脆弱，队伍进场6年来，项目部始终把培养和增强全员“爱护自然、保护沙漠”的环保意识、“点滴做起、珍惜资源”的责任意识和“节约光荣、浪费可耻”的荣辱意识当作大事来抓。组织员工学习国家、地方、业主、企业环境保护、节能减排有关精神要求，深入开展能源、资源和环境保护宣传教育，弘扬生态文明理念，倡导全员从身边开始，养成保护环境、节约资源的好习惯；从岗位工作入手，提高资源利用率，杜绝返工和浪费；定期组织人员对生产、生活垃圾进行清理掩埋，对机械设备进行规范管理，做到“不破坏植被，不污染环境”，努力创建环保型、节约型项目和节能减排工地。全国节能宣传周期间，项目部以“节约有道、节俭有德”为主题，深入开展学习宣教活动，制作大幅标语和专题宣传栏，解读环境保护和节能低碳知识，为促进参建员工关注工作、生活中的节约方式，自觉参与节能减排活动，不断提高低碳发展意识，为促进项目环保体系有效运行起到了良好的教育引导作用，环保、水保工作得到黄河中上游管理局的充分肯定。

追求卓越　精益求精　施工技术创新亮点纷呈

在 G7 京新高速明哈段建设中，项目部始终坚持“质量第一矢志不移，创建精品百折不挠”的技术创新理念，积极运用“新设备、新工艺、新技术、新材料”提升产品品质。

桥涵施工，项目部先后采用“大块定型钢模”“钢筋绑扎模具、卡具”“大理石垫块代替传统垫块”“一次性内膜工艺”“节水养生膜包裹养生”“喷淋养生”“智能张拉”等先进工艺工法。并在路面工程施工中先后采用“土路肩施工”“水稳基层切缝”“强力清扫机”“角铁挡边”等新工艺和新设备，不仅提高了功效而且保证了工程质量。

水稳基层施工，项目部及时采用性能先进的山东岳首新型 MWB800 拌和机，采用中大 DT1800 新型摊铺机全断面一次性摊铺，配合 36 吨压路机

中铁一局三公司京新高速明水（甘新界）至哈密段高速公路建设项目施工现场

进行压实，有效保证水稳质量，提高了摊铺功效。水稳基层养护到期后，采用强力清扫机对水稳基层表面进行清扫，将水稳基层表面打成“毛面”，不仅利于透层油渗入水稳基层，而且增加了层间结合的黏结力，取得了事半功倍的效果。

项目部引进沥青红外线光谱分析仪进行进场沥青质量检测，大大提高了试验检测速度，避免了因沥青试验检测影响施工生产的现象。在业主检查考核中，该项技术获得了新疆质监局的高度评价。

项目部有两项 QC 成果获得陕西省二等奖。

众多“四新技术”的运用充分展现了三公司明哈人技术创新的聪明智慧，使得管段工程质量始终走在其他标段的前列。

工程交工验收中，一期工程（三标）质量评定得分 95.75 分；二期工程（七标）质量评定得分 95.59 分，G7 京新高速明哈段荣获“中国中铁优质工程”。

项目部获得新疆交通厅全疆通报嘉奖以及集团公司表彰，2017 年年底，荣膺新疆维吾尔自治区“丝路交通杯”劳动竞赛“建设杯”优胜单位荣誉称号；项目负责人常文军荣获“建设杯”先进个人；试验室主任田刚刚荣获“创新杯”先进个人。

2018 年 5 月，项目部代表中铁一局三公司荣获“开发建设新疆”奖状。

发挥优势　创新载体　项目党建工作领先全线

在 G7 京新高速明哈段建设中，项目部始终把发挥央企党建工作优势作为服务生产、服务员工的工作核心和有力保障。

一期工程施工中，面对参建员工戈壁荒漠坚守6年的潜在情绪压抑和思想波动，项目部党工委积极探索和加强员工心理疏导工作，努力引导员工以阳光心态面对工作和生活压力，以积极向上的心理排解思想上的不安定因素。通过耐心说教转变员工思想，充实员工心理；通过加强“三工”建设，改善员工的生活、生产条件，丰富业余活动，消除员工寂寞感；通过建立和落实“三清四访”制度、“职工生日”制度增强员工归属感；通过“以心换心”和“因人而异”工作法，把握不同层次员工的心理需求、心理变化和心理感受，让员工共享重视、体面、价值、愉悦，使得参建员工的精神面貌和劳动积极性始终处于和谐稳定的健康状态。

二期工程施工中，党工委遵循项目党建“五个标准化”的要求，进一步建立健全党建工作责任制；创新工作与指挥部建立“基层党建联动机制”，形成了“资源共享、党建共创、工作互帮、活动互助”的工作机制。积极发挥央企党建工作优势，紧密围绕中心工作适时带头开展特色鲜明的党建活动。廉洁工程创建“五个一”活动；“做表率、当先锋”劳动竞赛活动；“两学一做”学习教育活动；“学转促”专题活动；“撸起袖子加油干”劳动竞赛誓师大会；“党员发声亮剑宣誓承诺”等大型活动成了G7京新高速明哈段的亮点。班子中心组学习制度；三重一大集体决策制度；员工“三清四访”制度；“员工月度集体生日”活动成了明哈项目党建的品牌，为在建项目健康和谐发展提供了有力的政治和组织保障。

项目部党工委“员工心理疏导”“基层党建联动机制”“中心组学习方法”，以及月度“三优、两标兵”活动等工作做法作为项目党建的特色活动在集团公司、公司宣传交流。党工委荣获中铁一局“星级党支部”“先进基层党组织”，以及明哈高速“项目党建思想工作先进单位”等荣誉称号。项目党工委书记张涛荣获中铁一局“优秀党群工作者”和“ G7 京新高速明哈段建设优秀党务工作者”称号。

历沙漠而宽胸襟，踏天山而小天下。

展望未来，建设大美新疆的召唤让中铁一局集团第三工程分公司的员工们倍加振奋，他们将以“胡杨精神、玉石品德、大漠胸怀、铁军风范”的团队精神理念继续奔上新疆交通建设的新征途，为践行中国中铁“勇于跨越，追求卓越”的企业精神再创新佳绩。

（撰稿人：张　涛）

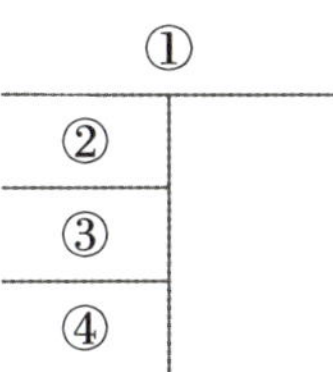

① 大戈壁中的欢庆

② 明水（甘新界）至哈密段高速公路施工有序推进

③ 沥青摊铺

④ 建设者坚守施工一线

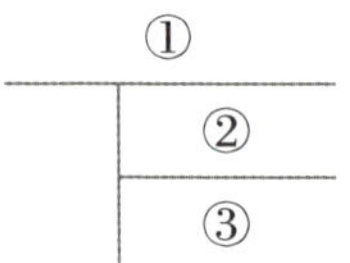

① “百日大干”路面摊铺作业

② 沥青摊铺

③ 开展路基会战

后　记

“世界上穿越沙漠最长的高速公路”京新高速公路，是国家高速公路网规划的第七条“放射线”，是西北新疆和河西走廊连接首都北京、华北、东北及内地东部地区最为便捷的公路通道，也是一条新的出疆陆路大通道，同时，对促进中国同中亚国家和地区、中欧经济文化往来也具有极其重要的意义。中国中铁广大建设者投身大漠数余载，与荒漠戈壁为伴，与沙尘风暴为伍，与严寒高温同行，用智慧和汗水铸就了京新高速这一世界性精品工程。为记录中国中铁各参建单位在建设过程中的奋斗历程和精彩瞬间，中国中铁股份有限公司党委宣传部（企业文化部）牵头组织各参建单位编撰了《最美京新》一书。

本书自 2018 年 1 月启动编写工作以来，总承包管理部和各参建单位高度重视，精心安排，组织专人撰写有关材料。在此基础上，中国中铁股份有限公司党委宣传部（企业文化部）于 2018 年 4 月开始编辑、整理，历时 4 个月，数易其稿，于 8 月付梓成书。本书主要围绕中国中铁采用“股权投资 + 施工总承包”模式施工的京新高速临白段施工建设情况展开，其中也收录了明哈段等建设纪实，由于京新高速线路较长及本书篇幅限制，在资料搜集和编写中难免有所疏漏，如有不妥，敬请各位读者批评指正。

谨以此书献给参加京新高速建设的每一位建设者。

本书编委会

2018 年 8 月